W0327869

AMV

Mickey Spillane

Der Tag, an dem das Meer verschwand

Larry, Josh und die Schatzräuber

Mit 10 Zeichnungen von Esteban Maroto

Albert Müller Verlag
Rüschlikon-Zürich · Stuttgart · Wien

Aus dem Amerikanischen übersetzt von Sonda Heyer. – Titel des amerikanischen Originals: «The Day the Sea Rolled Back», erschienen bei Windmill Books und E. P. Dutton, New York, N. Y. 10016. Copyright © by Mickey Spillane, 1979. – Deutsche Ausgabe: © Albert Müller Verlag, AG, Rüschlikon-Zürich, 1981. – Nachdruck, auch einzelner Teile, verboten. Alle Nebenrechte vom Verlag vorbehalten, insbesondere die Filmrechte, das Abdrucksrecht für Zeitungen und Zeitschriften, das Recht zur Gestaltung und Verbreitung von gekürzten Ausgaben und Lizenzausgaben, Hörspielen, Funk- und Fernsehsendungen sowie das Recht zur foto- und klangmechanischen Wiedergabe durch jedes bekannte, aber auch durch heute noch unbekannte Verfahren. – ISBN 3-275-00778-5. – 1/7-81. – Printed in Switzerland.

1

Vincent Damar stand hoch auf den östlichen Klippen der Insel Peolle und sah zu, wie herrlich sich die Strahlen der Mittagssonne auf den sanften Wellen der Karibik brachen. Bisher hatte ihn dieser Anblick immer mit Freude erfüllt. Die unglaubliche Klarheit des grünen Wassers und der köstliche Salzgeschmack des Gischtes, den der Wind ihm entgegenblies, ließ ihn all die Stadtmenschen bedauern, die er vor vierzehn Jahren verlassen hatte.

Aber seit einiger Zeit war diese Freude getrübt. Es war jetzt vier Monate her, seit die *Blue Tuna* irgendwo im weiten Meer da draußen auf Grund gesunken war, ein weiteres Opfer der jäh aus heiterem Himmel aufziehenden Wetterfronten, die alles zerstörten, was nicht groß genug war, ihnen zu trotzen. Oder war vielleicht doch etwas dran an dem Mythos vom «Bermuda-Dreieck», dessen südlicher Winkel diese Gegend einschloß?

Er seufzte ärgerlich auf und verwarf den Gedanken. Zu lange schon stand er auf der Seite der Wissenschaft, um solchem Aberglauben Beachtung zu schenken. Die Wissenschaft war es auch gewesen, die ihn auf diese Insel hier gebracht und seine Gedanken vom Tod seiner Frau, die bei Larrys Geburt gestorben war, abgelenkt hatte. Bei seinen Forschungsarbeiten über die Spanische Schatzflotte von 1732 war er auf ein bemerkenswertes Dokument gestoßen, nämlich auf Aufzeichnungen über den Untergang der mit Schätzen beladenen Galeone *San Simon* irgendwo vor dem Riff, das Peolle und die Ara-Inseln umgab.

Einen Augenblick lang verzog er betrübt das Gesicht. «Irgendwo» konnte im Ozean ein recht weites Gebiet bedeuten, dachte er.

Doch er hatte sein Haus auf Long Island verkauft, sich einen zwölf Meter langen ehemaligen Marinekutter besorgt, ihn für Bergungsarbeiten ausgerüstet und war mit seinem Sohn auf das dünnbesiedelte Atoll namens Peolle gezogen, um von dort die Welt mit seinem Fund in Erstaunen zu versetzen.

Angeekelt schüttelte er den Kopf. Wäre er ein Fischer, wäre alles in Ordnung. Dann hätte er heute ein Dutzend über die ganze Insel verteilter Freunde. Aber laß durchsickern, daß du einen Vorsprung hast bei der Suche nach einem versunkenen Schatzschiff, von dem jeder weiß, daß es irgendwo in dieser Gegend liegen muß, und

die Goldgier verwandelt sie alle in Feinde mit glühendem Haß im Herzen.

Seit hundertvierzig Jahren spülte das Meer an verschiedenen Stellen kleine Klumpen korallenverkrusteter Gold- und Silbermünzen an die Küste, fanden sich in den Netzen der Fischer immer wieder antike Kunstgegenstände, die eindeutig darauf hinwiesen, daß das Grab dieses alten Schiffes irgendwo hier zwischen Vincents Standpunkt und dem fast fünfzig Kilometer entfernten Horizont liegen mußte. Schlug man freilich mit diesem Radius einen Halbkreis, ergab das leider ein Riesengebiet von einigen tausend Quadratkilometern.

Ihm war noch immer nicht klar, wie es hatte passieren können. Sein Boot hätte diese Wetterfront mit Leichtigkeit ausreiten müssen. Die Maschine lief ruhig, sie hielten ohne Schwierigkeiten gegen den Wind, sie stampften ein bißchen, aber keineswegs gefährlich, das Abenteuer hatte ihnen Spaß gemacht, und dann – ging die *Blue Tuna* einfach unter. Sie sank, als hätte irgend etwas ein Loch in den Boden gebissen, und er und Larry kämpften acht lange Stunden im Rettungsboot gegen den Sturm an, bis es endlich aufklarte. Dann waren es noch einmal zwei Stunden harte Ruderarbeit bis zur Ara-Insel gewesen, und noch bevor sie an der Mole festmachten, wußte Vincent, daß sie bei niemandem auf wirkliches Mitgefühl zu rechnen brauchten.

Oh, natürlich würden alle eine große Schau

abziehen. Die alte Frau Betts vom Gemüseladen würde bedauernd mit der Zunge schnalzen, und Jake Skiddo von der Pumpstation würde jenes Zwinkern im Auge haben, das alles bedeuten konnte. Aber hinter all dem würde heimliche Freude unverkennbar sein – bei jedermann auf Ara –, weil der Schatz noch immer da draußen lag und sie alle noch immer eine Chance hatten.

Verrückt, dachte Vincent. Wenn sie ihn hätten, was würden sie damit tun? Nicht ein einziger von ihnen würde deshalb den Platz verlassen, wo er jetzt lebte. Sie würden den Schatz nur nehmen und woanders wieder vergraben und dann ihr Leben damit verbringen, ihn zu bewachen; und nach ihrem Tode wäre er ebenso verloren wie zuvor.

Die Gebrüder Jimson waren allerdings die Schlimmsten gewesen. Sie hatten sich nicht einmal die Mühe gemacht, ihre Schadenfreude zu verbergen. Bud Jimson hatte an der Pier gestanden und gesagt: «Ihr Stadtfräcke solltet euch wirklich nicht mit der See einlassen! Joie und ich haben es kaum zurück an Land geschafft, und wir schippern bald vierzig Jahre in diesen Gewässern.»

Eine Welle von Ärger war in Vincent hochgestiegen und hatte sein Gesicht gerötet. Er hatte einen Großteil seines Lebens auf Booten vor Long Island verbracht. Aber er schwieg; nur der Blick, mit dem er Bud Jimson betrachtete, wurde hart und wachsam. Er erinnerte sich der wildbewegten Wolken und wie sie kurz aufgerissen waren, gerade lang genug, um ihm einen Blick auf den fleckigen Rumpf des Jimson-Bootes zu gewähren, das auf gleichem Kurs lag wie er. «Ja», sagte Vincent, «ich verstehe. Ich habe noch versucht, euch über Funk zu erreichen, als wir absackten.»

Bud Jimson warf ihm einen finsteren Blick zu. «Wir haben keinen Ruf empfangen», sagte er schroff. «Überhaupt, warum wollten Sie denn gerade mich erreichen?»

«Weil Sie ein paar hundert Meter steuerbords neben uns liefen.»

Es war unmöglich zu sagen, ob Jimsons Ausdruck echt oder geheuchelt war. «Ausgeschlossen! Wir waren –»

«Schon gut», sagte Vincent.

Er hatte sofort nach Peolle zurückgewollt, aber es schien, daß niemand auf Ara ihn hinbringen konnte; auch ein Mietboot zu bekommen, war unmöglich. Zwar lagen alle Boote an der wackligen Pier vertäut, aber angeblich waren sie allesamt dringend reparaturbedürftig.

Es hatte nicht lange gedauert, bis Vincent begriff. Die beiden Jimsons hatten die entsprechende Parole ausgegeben, und niemand wagte, dagegen aufzumucken. Sie kamen mit Lügen und Ausflüchten und warfen ängstliche Blicke auf Bud und Joie, die die *Petrel* beluden. Vincent und Larry würden auf Ara festsitzen, bis in drei Tagen das Postboot kam, das von hier zunächst nach Miami ging. Bis sie zurück nach Peolle kämen, wäre das Haus, das sie gebaut hatten, wären ihre Besitztümer, wäre alles weg.

Er war schon nahe daran gewesen aufzugeben, aber da hörte er eine merkwürdig singende Stimme von unterhalb der Mole, die sagte: «Hallo, Mr. Vincent, Sir ...»

Die Stimme gehörte zu einem Eingeborenen, ungefähr im gleichen Alter wie er selbst. Er kannte ihn zwar nicht persönlich, aber sein selbstgebautes Schiff hatte er schon oft draußen auf See gesehen.

«Ja, hallo.»

«Ich bin Tim. Abkürzung für Timothy, Sir. Von der anderen Seite Peolles. Wenn Sie nichts dagegen haben, mit mir zu fahren, nehme ich Sie gerne mit zurück zur Insel.»

«Etwas dagegen haben?» Ehe noch ein weiteres Wort gesprochen war, saßen Vincent und Larry im Skiff und sahen zu, wie Timothy das Segel setzte. Als sie um die Pier herumfuhren, deutete Vincent mit dem Kinn auf die Jimsons, die sie vom Steuerbord ihres Schiffes aus beobachteten. «Ich glaube, da hast du dir Feinde gemacht, Tim.»

Von seinem Platz am Ruder grinste Tim Vincent breit an. «Oh nein, Sir. Einen Feind muß man hassen. Und die da hasse ich nicht. Meine Leute waren hier, lang ehe die da kamen, und werden noch hier sein, wenn sie längst wieder verschwunden sind. Die sind nur niederträchtig. Ich kümmere mich nicht um sie. Das wird schon das Meer besorgen.»

Vincent wachte aus seinen Gedanken auf und schaute hinunter zum Strand, wo Larry und Tims

Sohn Josh Krabben fingen. Er stieß einen Pfiff aus und deutete, als sie heraufschauten, zum Haus. Larry winkte ihm zu und zeigte mit ausgestreckten Fingern, daß sie in fünf Minuten dort sein würden. Vincent warf einen letzten Blick gen Osten und überlegte müßig, wie es möglich sei, daß dieses klare grüne Wasser etwas so Großes wie die *Blue Tuna* verbergen konnte – oder sogar die alte *Nantucket Belle*.

Und über die *Belle* mußte er Larry einiges erklären, ehe er mit Tim in dessen Skiff losfuhr, um das Versorgungsschiff auf seiner monatlichen Route zurück nach Florida abzufangen. Nicht daß er eine böse Vorahnung hatte – nur für den Fall, daß ihm etwas passieren würde, wäre das Geheimnis der *Nantucket Belle* wenigstens in guten Händen. Larry war vielleicht noch etwas jung, für sein Alter jedoch schon recht klug und vernünftig.

Nach dem Essen trugen Tim und Josh die Ladung für das Skiff hinunter zur Bucht, und Vincent öffnete auf dem Tisch die Plastiktasche mit seinem Angelgerät. Einen Augenblick zögerte er und runzelte die Stirn. Larry lächelte ihn an und sagte:

«Pa, hör doch auf, dir Sorgen zu machen, weil du uns hier allein läßt.»

«Na ja, du bist doch immer noch mein kleiner Junge», lachte Vincent.

«Und wann werde ich dein großer Junge sein?»

«Wenn du neunzig bist, einverstanden?»

Larrys Augen lachten ihn an. «Es ist wirklich schwer, Sohn zu sein.»

«Nun halt mal die Luft an, sonst schick ich dich zurück in die Schule aufs Festland.»

«Bin schon brav, bin schon brav. Ich hab' viel lieber dich zum Lehrer. Also, was soll die Tasche? Du hast doch gesagt, du gehst zur Bank, und nicht zum Fischen.»

Vincent griff hinein und zog ein gelbes Dokument in einer Schutzhülle aus Plastik heraus. Er legte es behutsam auf den Tisch, einen mit Schreibmaschine geschriebenen Bogen daneben.

«Was ist das, Pa?» fragte Larry erstaunt.

«Eine Seite aus dem Logbuch der *Nantucket Belle*, die 1872 in diesen Gewässern gesunken ist. Sie war eine Dreimast-Bark mit Eisenrumpf und Schaufelrädern, und ihr Kapitän hatte eifrig die Geschichte der Goldtransporte aus den Münzstätten in Mexico City und Veracruz studiert.»

Ein Ausdruck von Verstehen überzog Larrys Gesicht. «Du meinst –?»

«Die *Belle* fand die *San Simon* und deren Schätze. Das spanische Wrack lag in zehn Meter Tiefe, klar zu erkennen, wenn auch der größte Teil des Holzes von Bohrmuscheln zerstört war. Sie ankerten über der Stelle und hoben mit Hilfe einer Taucherglocke fünfundneunzig Prozent der Ladung aus Goldbarren und kostbaren Edelsteinen, bestimmt für den Hof in Madrid und die Kirche in Rom.» Larry nickte. «Weißt du was, Pa?»

«Was?»

«Jetzt verstehe ich, warum alle dich für ein bißchen verrückt halten. Die einzige Stelle, wo so eine Galeone logischerweise hängenbleiben würde, wären die Ausläufer des Korallenriffs vor Ara. Und in der Gegend hast du nicht gesucht.»

«Ja, das stimmt, aber es ist die *San Simon*, die dort liegt. Ihr Kapitän hat die Position ins Logbuch eingetragen, und das ist in den Archiven von Madrid.»

«Wie kommt es dann, daß niemand sie findet?» fragte Larry.

«Laß mal sehen, was du noch von meinem Geschichtsunterricht behalten hast», sagte sein Vater. «In welchem Jahr segelte die *San Simon* zurück nach Spanien?»

«1732», gab Larry zur Antwort.

«Wann wurde vom ersten Erdbeben berichtet?»

Larry dachte einen Augenblick nach, dann sagte er: «Hmmm ..., 1740. Zwei Handelsschiffe, die in der Gegend gewesen waren und es überstanden hatten, brachten die Nachricht mit.»

«Erinnerst du dich, was an diesem Erdbeben Besonderes war?»

Larry zuckte die Achseln. «Nur daß sich eine neue Insel bildete und ein Teil von Oomlo ins Meer fiel.» Er dachte einen Augenblick nach, dann leuchtete Verstehen in seinen Augen auf. «Das Wrack war noch immer da, aber die Landmarken, an die der Kapitän sich gehalten hatte, stimmten nicht mehr.»

«Genau. Und der Kapitän der *Nantucket Belle* ist dahintergekommen.»

Die Geschichte faszinierte Larry; das zeigte die

plötzliche Erregung in seinem Gesicht. «Und die *Belle* ist auch von einem Sturm erwischt worden?»

Sein Vater schüttelte den Kopf. «Nein, das war nicht nötig. Goldgier und Meuterei haben das besorgt. Während des Kampfes an Bord explodierten die Kessel, und die *Belle* sank wie ein Stein. Der Steuermann sah eine einzige Landmarke, ehe er mit dem Logbuch über Bord ging, und das war unsere Klippe hier auf Peolle.»

Larrys Gesicht spiegelte seine Enttäuschung wider. «Nur diesen einen Punkt?»

«Für mehr hatte er offensichtlich keine Zeit.»

«Aber mit nur einem Orientierungspunkt kann man doch keine Position festlegen.»

Vincent fuhr Larry durchs Haar. «Ich weiß. Warum, glaubst du, haben wir die ganze Zeit so systematisch herumgesucht?»

«Pa ...» – «Ja, mein Sohn?»

«Wenn all die anderen Inselbewohner gedacht haben, daß du auf dem Holzweg bist, warum haben sie sich dann alle aufgeregt?»

«Gute Frage», sagte Vincent. «Meine Vermutung ist, daß jemand sich an Bord der *Blue Tuna* geschlichen hat, als wir einmal Nachschub in Ara holten. Sie könnten die Kopie gesehen haben, die ich von der Logbuchseite der *Belle* gemacht habe. Sie hatten bestimmt keine Gelegenheit, alles zu lesen oder zu kopieren, aber sie wußten, daß ich Informationen habe, die sie nicht haben.»

«Und daß du das Wrack finden würdest, wenn du lange und sorgfältig genug suchst.»

«Außer wenn jemand schneller ist als ich.» Vincent machte eine Pause, dann schob er die Papiere in die Tasche zurück. «Hier, paß gut drauf auf. Tu's an einen sicheren Platz und laß niemand auch nur in die Nähe. Sollte mir etwas passieren, kannst du wenigstens irgendwann einmal an all dieses Geld kommen. Es gibt einen entscheidenden Entfernungshinweis in diesem Logbuch, der dir einen sicheren Vorsprung vor anderen gibt.»

«Aber Pa, was soll dir denn passieren? Außerdem, wozu soll soviel Geld gut sein?»

«Gerade jetzt könnten wir ein bißchen davon nötig brauchen. Wenn ich kein Darlehen bekomme, kriegen wir kein neues Boot. Wir müßten das Haus hier aufgeben und wieder aufs Festland gehen. Ich werde dann wahrscheinlich an irgendeiner Schule lehren, und du wirst mit Zeitungsaustragen dein Taschengeld verdienen müssen.»

«Ist es wirklich so schlimm, Pa?»

Sein Vater lachte bedrückt. «Nun, sagen wir mal, Zeitungen brauchst du nicht auszutragen.»

«Pa, ich hoffe, du schaffst es. Ich weiß, daß du gern hier bist – ungefähr genauso gern wie ich.»

«Schon recht, Larry. Sorg dich nicht. Es wird schon irgendwie weitergehen, das tut es immer.» Er lächelte über Larrys Ernsthaftigkeit. «Einen Vorteil haben wir ja immerhin.»

«Welchen?» – «Wir essen beide gern Fisch.»

«Und im Sand unter einem Baum zu schlafen, ist auch nicht übel», fügte Larry hinzu.

«Außer wenn es regnet», bemerkte sein Vater.

2

Einen Tag nach Vincents Abreise zogen Larry und Josh kurz vor Mittag ihre Netze für diesen Tag ein. Sie wählten einen achtpfündigen Schnapper fürs Mittagessen aus, warfen ein paar Muscheln für eine spätere Mahlzeit in den Fluttümpel neben dem Haus und leerten das Netz wieder ins Meer. Grundlos Fische am Strand sterben zu lassen, erschien beiden sinnlos.

Larry entdeckte das Boot mehr als einen halben Kilometer vor der Küste, als sie ihre Netze reinigten und er aufschaute. Josh folgte seinem Blick und sagte: «Das ist die *Petrel*, das Boot der Jimson-Brüder.»

«Ich möchte wissen, was die hier zu suchen haben.»

«Na, fischen tun sie nicht, zu bergen gibt es da draußen auch nichts, also kann man nur annehmen, daß sie auskundschaften wollen, ob hier jemand zu Hause ist.»

An Steuerbord des Schiffes blitzte etwas in der

Sonne. «Die beobachten uns mit einem Fernglas», sagte Larry.

«Dann sehen sie uns und werden nicht herkommen.»

«Das sollen sie auch besser bleibenlassen!»

«Was würdest du denn tun, wenn sie kämen, Larry?»

«Ach komm, das weißt du doch. Du würdest dich auf den Fahrradsattel setzen und den Generator antreiben, und ich würde über Notruf die Küstenwache rufen.»

«Aber die ist ganz schön weit weg.»

«Nicht mit dem Hubschrauber», erwiderte Larry.

«Ich glaube, du brauchst sie sowieso nicht zu rufen. Schau!»

Draußen drehte die *Petrel* um 180 Grad, ging wieder auf Nordkurs und verschwand langsam in der Ferne.

Josh grinste beim Aufrollen des Netzes. «Schau, du hast sie in die Flucht geschlagen.»

«Ja, klar», schmunzelte Larry. Er band die Netzrolle zusammen, damit sie nicht wieder aufging, und warf dann einen Blick zum Himmel. «Was meinst du, wie spät es ist, Josh?»

«Etwa ein Uhr.»

Larry zog ein Gesicht. «Ich hätte nicht gedacht, daß wir so lange hier waren, aber schau mal den Himmel an.»

«Komische Farbe.»

Sie *war* merkwürdig. Ein gelblich-oranger

Dunst, der von nirgendwo herzukommen schien, hatte alles in sanftes rosa Licht getaucht.

«Glaubst du, es gibt Sturm?»

Josh hob den Kopf und witterte mit halb geschlossenen Augen in die Luft. Das war etwas, das nur die Eingeborenen konnten, und sie irrten sich nie. «Nein, es kommt kein Sturm.»

Eine leichte Ostbrise traf Larrys Nacken. Ohne zu wissen warum, bekam er eine Gänsehaut, und die sonnengebleichten Härchen auf seinen Armen stellten sich hoch. «Fühlst du das?»

Josh nickte. «Der Wind kommt aus der falschen Richtung.»

«Das gefällt mir nicht», sagte Larry. «Laß uns mal hören, was der Seefunk meldet. Falls irgend so ein merkwürdiger Sturm auf uns zukommt, ist es besser, wir sind vorbereitet.»

Doch auf keinem der Kanäle wurde Sturmwarnung gegeben. See- und Flugdienst meldeten beide anhaltend klares, warmes Wetter.

Draußen hatte sich das gelbliche Licht verstärkt, und der Wind war um einige Grad kühler geworden. Aber es zeigte sich keine ungewöhnliche Dünung, und die Vögel flogen bis kurz vor Sonnenuntergang. Larry und Josh aßen zu Abend und einigten sich darauf, daß der merkwürdige atmosphärische Zustand wahrscheinlich von einem entfernten Sandsturm auf dem Festland herrührte. Dann hängten sie ihre Hängematten zwischen die Bäume vor dem Haus und legten sich schlafen.

Es gab keine logische Erklärung für das, was während der Nacht geschehen war. Kein Wissenschaftler sah es, keine hochentwickelten Apparate zeichneten es auf, keine weiten, besiedelten Landstriche wurden davon betroffen.

Es passierte einfach.

Und es war unübersehbar.

Es konnte gut sein, daß Larry und Josh die ersten waren, die es sahen.

Irgendwann während der Nacht war die See zurückgewichen. Weitgestreckt, fleckig, mit riesigen, aufragenden Korallenbänken, dunklen Streifen violetter Vegetation und merkwürdigen wellenförmigen Strukturen, die noch feucht im frühen Morgenlicht glitzerten, lag der Meeresgrund offen da.

Auch der Geruch war anders, salziger als normal, mit einer feuchten, modrigen Beimengung, die den weiten Flächen entströmte, wo der Tang flach auf dem Sandboden lag. Und all das war schon jetzt überlagert von einem schwachen Geruch nach toten Lebewesen, die nicht entkommen waren, und nun im ersten Sonnenlicht zu verwesen begannen.

Der unglaubliche Anblick ließ die beiden Jungen schaudern, und Josh hauchte beinahe unhörbar: «Larry, was ist passiert?»

«Ich weiß es nicht.»

«Das Meer, das Wasser – es ist nicht mehr da.»

«Was es auch ist, gestern abend haben wir es kommen sehen. Erinnerst du dich an die merk-

würdige Himmelsfarbe und den Wind, der aus der falschen Richtung kam?»

Josh nickte. «Meinst du, es ist vielleicht eine Ebbe, eine riesige Ebbe?»

«Wenn's eine ist, dann geht die hier bis zum Horizont.»

Larry drehte sich um und warf einen Blick nach Norden. Er konnte gerade noch die Spitze der unbewohnten Insel Ramu erkennen, und obwohl auch dort kein Wasser zu sein schien, vermochte man unmöglich genau festzustellen, wie weit hinaus dieser Zustand reichte.

«Larry, was würde dein Vater jetzt sagen?»

Einen Augenblick lang kam sich Larry plötzlich wie fünfzig vor. Dann zuckte er die Achseln und sagte: «Nun, was man hochwirft, kommt auch wieder runter; also wird auch das, was wegläuft, früher oder später wieder zurückkommen.»

«Dein Vater ist ein sehr kluger Mann.»

«Das ist, was *ich* denke, daß er sagen würde», erklärte Larry.

Josh grinste mit funkelnden Augen. «Würde er auch sagen, daß man einen solchen Zeitpunkt nicht ungenützt verstreichen lassen sollte?»

Auch Larry lockte das Abenteuer. Bei ihrer Jugend konnte die anfängliche Beklemmung nicht lange anhalten, und mit einem Lächeln antwortete er seinem Freund: «Das ist wohl, was *dein* Vater sagen würde, Josh?»

«Genau das würde mein Vater sagen, obwohl er kein gelehrter Mann ist.»

«So eine Gelegenheit kommt nicht zweimal, oder?»

«Ich denke nicht.»

«Dann», sagte Larry, «laß uns gehen und nachschauen, was das Meer hinterlassen hat.»

Sie rannten hinunter zum Strand. An der einstigen Ebbelinie wurden sie langsamer, gingen vorsichtig weiter und prüften die Beschaffenheit des Meeresbodens. Sehr bald stellten sie fest, daß er kaum weicher war als der Strand hinter ihnen. Manche Stellen waren sandig, andere eher kalkig, und wo Seegras wuchs, war es schwammig, aber fest. Nach ungefähr einer Viertelstunde hatten sie gelernt, sich an jene Stellen zu halten, die guten Halt gaben, und solche zu meiden, die noch zu schlickig waren und wo sie bis an die Knie einsanken.

Nach dreihundert Metern kamen sie zu einer Stelle, die sie beide gut kannten. Der verrostete Ankerflügel eines alten Schiffes lag dort, beinahe ganz bedeckt von Tang, der in weiter S-Form zwischen vier riesigen Korallenfelsen wuchs. Bisher war das ein beliebter Fischplatz gewesen, jetzt sah man deutlich die Löcher und Höhlen, in denen die Fischschwärme gehaust hatten, dunkel und noch feucht, aber verlassen von ihren Bewohnern.

«Sie sind alle weg», sagte Larry. «Siehst du irgendwas?»

«Nur ein paar im Sand vergrabene Krabben da hinten. Kein Fisch, außer einem toten.»

Ein paar Minuten standen sie da und betrachteten die Leere um sich her. Schließlich sagte Josh: «Denkst du dasselbe wie ich?»

«Du meinst, wie weit wir uns hinauswagen sollen?»

«Ja. Und wie schnell wir wieder an Land sein können, wenn das Meer zurückkommt.»

Larry nagte an den Lippen und überdachte die Situation. Er versuchte, sich an all die vielen Details zu erinnern, auf die er beim Durchstöbern der Bibliothek seines Vaters gestoßen war. «Weißt du, Josh, so wie das Wasser zurückgegangen ist – ganz ruhig, wie ein starker Sog –, ist es wahrscheinlich, daß es auf die gleiche Weise zurückkommt. Wenn wir den Horizont gut im Auge behalten, sehen wir, wenn sich da etwas ändert. Wir müßten dann noch genug Zeit haben, an Land zurückzukommen.»

«Oder wir werden ganz schön schwimmen müssen», warf Josh ein. «Übrigens, was wollen wir da draußen eigentlich?»

«Uns nach einem alten eisernen Wrack umschauen. Nach der *Nantucket Belle.*»

Fast zehn Kilometer weiter nördlich versuchten zwei nervöse Männer sich von dem Schock zu erholen, daß sie auf trockenem Sand ankerten, eine Stunde vom Heimatdock entfernt. Joie Jimsons Gesicht war aschfahl aus Angst vor dem Unerklärlichen, und abergläubisches Entsetzen schnürte ihm die Kehle zu. Bud war robuster.

Auch er hatte keine Ahnung, was geschehen war. Für die Nacht hatten sie ein gutes Stück vor der Küste geankert und sich steuerbords in die Hängematten zum Schlafen gelegt. Vom wegflutenden Wasser hatten sie nichts bemerkt, und das schräge Aufsetzen des Bootes auf dem Grund war ihnen durch die auspendelnde Wirkung der Hängematten entgangen. Jetzt war Bud sauer auf Joie, der wie ein ängstliches altes Weib zitterte, wo sich ihnen doch durch die Großzügigkeit der Natur gerade neue Möglichkeiten eröffneten.

Er mußte sich allerdings eingestehen, daß es ein recht entnervendes Erlebnis war, diese weite Fläche zu betrachten, die eigentlich der Meeresgrund war. Es sah gar nicht aus, wie er es sich vorgestellt hatte. Hügel und Täler, die von der Wasseroberfläche nicht zu erkennen gewesen waren, zerklüfteten den Boden, und überall gab es tiefe Mulden, die leicht das Wrack eines Bootes oder auch eines größeren Schiffes verbergen konnten.

Über ihnen kreisten Vögel, aber statt zu tauchen, ließen sie sich auf dem feuchten Sand nieder und pickten sich ringelnde und windende Lebewesen aus Löchern und Höhlen. Bud Jimson hatte oft genug in dieser Gegend getaucht, um die Beschaffenheit des Bodens zu kennen. Daher hatte er auch keine Bedenken, seitlich aus dem Boot zu klettern und dessen Tragfestigkeit zu prüfen.

Joie fand endlich seine Stimme wieder und sagte: «Verdammt noch mal, Bud, spinnst du?»

«Halt die Klappe! Ich weiß, was ich tu.»

«Wirklich? Wir sollten nur eines tun: schauen, daß wir hier wegkommen!»

«Glaubst du, das geht besser auf dem Deck da oben?»

Joie blickte nervös um sich und befeuchtete mit der Zunge die Lippen.

«Los jetzt, nimm die Feueraxt und komm runter.»

«Wofür denn die Axt?»

«Damit du dumme Fragen stellen kannst, du Dussel. Tu endlich, was ich dir sage.»

Joie warf die Axt hinunter, dann nahm er all seinen Mut zusammen, stieg über die schräg geneigte Reling und rutschte am Rumpf entlang zu Boden. Er stellte sich so ungeschickt dabei an, daß Muscheln seine Hose zerrissen und Schnitte in der Haut hinterließen.

Bud beobachtete ihn widerwillig. «Warum biste denn nicht auf der anderen Seite runtergekommen?»

Joie machte ein dummes Gesicht und zuckte die Achseln. «Weiß nicht.»

«Halt Ausschau nach einem Boot.»

«Was für einem Boot?»

«Nach der *Blue Tuna*, wonach sonst?»

«Aber die ist doch gesunken!»

Am liebsten hätte Bud Jimson seinem Bruder eine übergezogen, aber das hätte ihn auch nicht intelligenter gemacht. «Ich weiß, daß sie gesunken ist, aber möchtest du, daß jeder weiß, *warum* sie gesunken ist? Denkst du vielleicht, wir bleiben die

Einzigen hier draußen? Mach schon. Sobald die ihren Mut zusammengekratzt haben, ist doch die ganze Insel unterwegs auf der Suche nach Beute.»

«Aber hier gibt es ja gar keine Fische –»

«Oh, du Idiot!» sagte Bud. «Die Wracks, die Wracks! Was glaubst du, wieviele Wracks hier rumliegen, von denen wir keine Ahnung hatten?»

Langsam begann es Joie zu dämmern, wovon sein Bruder sprach; ein harter, gieriger Ausdruck mischte sich in sein Grinsen, und er nickte rasch.

Bud warf einen Blick zurück in Richtung Ara und prüfte dann den Sonnenstand über ihren Köpfen. Schließlich deutete er nach Südosten und sagte: «Hier entlang, los, komm! Und latsch' nicht in die Schlicklöcher.»

Wenn sie gewollt hätten, hätten Larry und Josh mit den Bleisenkern, die sie an Vorfächern aus dem Sand zogen, ohne weiteres ein Vermögen machen können. Bisher waren sie an zwei billigen Armbanduhren vorbeigekommen, einem 35-PS-Motor, der bestimmt schon über ein Jahr unter Wasser lag, und vier Angelruten, deren Leinen zu verknotet waren, um noch brauchbar zu sein. Sie hatten ein Dutzend Schlicklöcher umgangen, von denen sie wußten, daß sie wie Treibsand sein würden. Jetzt standen sie vor einer flachen, feuchten Mulde, die sich hundert Meter nach links und rechts erstreckte.

«Was hältst du davon?» fragte Josh.

«Wir probieren es vorsichtig. Ich gehe voraus, und du hältst dich bereit, mich festzuhalten, falls ich einsinke.»

«Okay.»

Vorsichtig, einen Fuß vor den anderen setzend, bewegten die Jungen sich vorwärts. Larry konzentrierte sich ganz auf den jeweils nächsten Schritt und sah erst auf, als er hinter sich Josh erschrokken die Luft einziehen hörte. Ruckartig blieb er stehen und drehte sich um.

«Was ist los?»

Josh starrte nach vorne und hob langsam die Hand, um auf etwas im Sand zu deuten. «Schau!»

Larry folgte mit den Augen dem ausgestreckten Finger seines Freundes – und sprang unwillkürlich einen Schritt zurück; ihm stockte der Atem. Ganz langsam hob sich vor ihren Augen ein riesiges Stück Sand, so groß wie ein Lastwagen. Dann brach der Sand plötzlich auf und etwas Braunes, Horniges, Geschupptes kam zum Vorschein. Es war nur zentimeterweise auf eine Länge von zehn Meter sichtbar, aber es sah aus wie eine Halbkugel, über deren Mitte eine Zackenwulst verlief.

Unwillkürlich klammerten die beiden Jungen sich aneinander. Bisher war es eine lustige Angelegenheit gewesen, auf dem Meeresgrund herumzuspazieren, aber das hier war bitterer Ernst. «Weißt du, wie das aussieht, Josh?»

Und flüsternd antwortete Josh: «Beinahe wie der Rücken einer Schildkröte. In den Teichen auf der Insel machen die das genauso.»

«Wenn das eine Schildkröte ist – und wir sehen ja nur einen kleinen Teil von ihr –, stell dir vor, wie riesig die sein muß.»

«Wir werden es genauer wissen, wenn sie den Kopf hebt. Dann können wir mehr sehen.»

Erschrocken blickten sie sich an. «Dann sieht sie uns auch», bemerkte Larry.

«Ich wäre dann lieber nicht mehr hier.»

«Vielleicht ist es ja gar keine Schildkröte», sagte Larry hoffnungsvoll.

«Was anderes wäre noch schlimmer. Komm, wir warten lieber nicht, bis wir es herausfinden», sagte Josh.

Bei dem hastigen Rückzug stolperten und fielen sie mehrmals beinahe hin, und erst als sie wieder festen Boden unter den Füßen spürten, drehten sie sich um und starrten zurück auf die große, feuchte Mulde. Aber was da aufgestiegen war, war wieder versunken, und die Stelle lag friedlich da, wie jede andere dieses wasserlosen Meeresgrundes.

«Wenn wir das erzählen, glaubt uns keiner», sagte Josh. «Ich kann es ja selber kaum glauben, obwohl ich es doch gesehen habe.» Gedankenverloren blickte er vor sich hin, dachte an Berichte von merkwürdigen Ungeheuern, die hier draußen leben und sich nur nach gewaltigen Stürmen manchmal zeigen sollten, die ab und zu Boote angriffen und einmal sogar ein Dorf an der Küste zerstört hatten. «Und ich habe immer geglaubt, das sind nur dumme Geschichten, um Kindern Angst zu machen.»

«Jetzt weißt du es besser», sagte Larry.

«Mir war's lieber, als ich noch glaubte, es sind nur Geschichten.»

Larry runzelte die Stirn. «Mein Vater sagt immer, daß man nicht wissen kann, was es auf dem Meeresboden alles gibt. Die Dinge da unten haben niemals Veranlassung aufzusteigen, und nur durch Zufälle ahnen wir ihr Vorhandensein.»

Diesmal lag großer Ernst in Joshs Stimme. «Larry, wir sollten sehr vorsichtig sein, nicht wahr?»

«Ja – sehr, sehr vorsichtig», antwortete Larry. «Und weißt du, nächstesmal, wenn beim Fischen in diesem Wasser hier etwas schrecklich Schweres anbeißt, dann kappe ich lieber die Leine, als daß ich es einzuholen versuche.»

Er deutete mit dem Kopf zum Nordende des Schlickwassers, und sie liefen dort um es herum und dann den leicht abfallenden Hang hinunter auf eine Art Hügelrücken zu, der sich über mehrere hundert Meter hinzog und mit violettem Tang bedeckt war, von dem in der heißen Sonne ein unangenehmer Geruch aufstieg.

Als sie den Fuß der Erhebung erreicht hatten, legte Josh Larry die Hand auf den Arm. «Da schau!» sagte er, «Ballaststeine.» Ein paar Meter weiter konnten sie es besser sehen. Der Steinhaufen zog sich gute fünfzehn Meter den Hang hinauf, und zwischen den Steinen ragten noch ein paar verrottete Holzplanken heraus. Das Schiff, das hier auf Grund gelaufen war, mußte an dieser jähen Untiefe augenblicklich in Stücke gegangen sein.

Larry zog ein paar Steine aus dem Haufen und besah sie sorgfältig. Jeder wog um die fünfzehn Pfund; es waren grobe, kantige Steinbrocken, an der Oberfläche von Korallen verkrustet. Er nahm sich noch ein paar vor und nickte. «Ein Engländer vermutlich. Die sind mit ihren Ballaststeinen nicht wählerisch gewesen. Die Spanier haben es da genauer genommen. Sie wollten sich nicht die Hände zerschneiden, wenn sie das Zeug an Bord nahmen, und haben deswegen nur schöne, runde Steine verwendet.»

«Piratenschiff?»

«Eher ein Kauffahrer. Wenn es ein Pirat gewesen wäre, müßten Kanonenrohre herumliegen.»

«Waren denn Kauffahrer nicht bewaffnet?»

«Nicht, wenn es sich irgend vermeiden ließ – oder wenn sie bewaffneten Geleitschutz haben konnten. Je mehr Geschütze, desto weniger Ladung, und sie wollten ja Geschäfte machen. Wenn wir suchen würden, könnten wir vielleicht ein paar kleine Messingkanonen finden, den Anker und sonst ein paar alte Klamotten.»

«Lohnt es sich wiederzukommen und nachzusehen?»

«Ich glaube nicht», sagte Larry. «Das einzig Lohnende wären die Messingkanonen, und die sind vermutlich unter Tonnen von Sand vergraben.» Er blickte zurück und schätzte die Entfernung nach Peolle.

«Wir sind jetzt zweieinhalb Kilometer von der Küste weg. Laß uns versuchen, bis Skittle's Rock zu kommen.»

«Aber das ist noch anderthalb Kilometer weiter seewärts. Ich dachte, wir –»

«Über Skittle's Rock ist die *Blue Tuna* gesunken», erinnerte ihn Larry. «Und in der gleichen Gegend muß irgendwo die *Nantucket Belle* liegen.»

Sie wählten den Weg grade den Steilhang hinauf, statt des Umwegs durch weicheren Sand. In den unregelmäßigen Spalten zwischen den Ballaststeinen fanden sie Halt, und vom oberen Ende konnten sie die daumendicken Tangstränge erreichen und sich endgültig hinaufziehen. Oben hockten sie sich hin, um Atem zu holen, und durchforschten mit den Augen die weite, trockene Hochebene vor ihnen.

Es war ein großartiger Aussichtspunkt, kein Zweifel. Zum erstenmal konnten sie Formen und Umrisse ausmachen, die von unten aus bedeutungslos gewesen waren. Etwa vierhundert Meter entfernt lag Pierre Combolts alte Zweimast-Hulk, die sich im vergangenen Jahr von der Pier auf Ara losgerissen hatte und für immer verschwunden schien. Da lag sie also kieloben auf dem Grund; der grüne Rumpfanstrich paßte sich völlig dem umgebenden Seegras an, und Klumpen von Muscheln sorgten für zusätzliche Tarnung. Von oben war das Wrack völlig unsichtbar, aber von der Seite konnte man es genau erkennen, bis zu den gebrochenen Maststümpfen, die seitlich herausragten.

«Was kann sie nur so herumgeworfen haben?» fragte Josh.

«Pa sagt, Hurrikan-Wellen in so flachem Wasser bringen alles fertig. Sobald das Wrack im Sand festsaß, rührte es sich nicht mehr.»

Josh nickte und beschrieb mit dem ausgestreckten Arm einen weiten Bogen. «Siehst du den Graben da drüben?»

Larry sah ihn gut. Er ließ den Blick daran entlangschweifen: ein etwa eineinhalb Kilometer langer Riß im Meeresboden, der an beiden Enden in großen, kreisförmigen Einbrüchen endete. «Sieht aus wie eine riesige, dünne Hantel.»

«Er ist voller Wasser», sagte Josh.

«Ich kann mich nicht erinnern, daß das vorher da war. Wir haben viel über der Gegend gekreuzt, und das Echolot hat nie etwas davon angezeigt.»

«Weißt du was», sagte Josh, «das ist vielleicht wie beim Regen. Wenn das Wasser die Hänge hinunterläuft, gräbt es sich neue Kanäle und Löcher. Vielleicht hat sich auch das Meer, als es um die Erhebungen herum ablief, da ein neues Bett gegraben.»

«Nun, wir können ja hinüberschwimmen. Und wir sollten uns lieber beeilen. In ein paar Stunden kommt die Flut wieder.»

Behutsam suchten sie ihren Weg zu dem Wasserkanal, immer auf möglichst festem Grund, der sie trug. Hinter ihnen markierten ihre Spuren den

Weg, den sie gekommen waren und dem sie bei der Rückkehr folgen konnten. Das gab ihnen ein Gefühl der Sicherheit bei diesem Abenteuer.

Als sie den Kanal erreichten, blieben sie in respektvollem Abstand vom weichen, sandigen Steilufer stehen. «Du hast recht gehabt, Josh. Hier ist alles weicher Schlick, und die Strömung hat sich ein neues Bett darin gegraben. Ohne das kämen wir da nie hinüber. Es muß ein Streifen gewesen sein wie aus Treibsand.»

«An den Ufern kann man noch immer ganz hübsch einsinken», sagte Josh.

«Na ja, wir können ja von hier aus einen Kopfsprung machen und drüben irgendwie rauskrabbeln. Ich bin ein bißchen größer als du; laß mich zuerst hinüber, dann kann ich dir drüben aufs Ufer helfen.»

«Mir nur recht», sagte Josh. «Aber spring mit Anlauf, damit du flach eintauchst. Das Wasser sieht nicht gerade tief aus.»

Viel Platz zum Anlaufen war nicht. Larry suchte eine günstige Stelle aus, trat drei Schritte zurück, sprang ab und schlug flach mit dem Bauch aufs Wasser. Er war mit wenigen Schwimmstößen drüben, grub sich mit Händen und Knien in den Sand, um Halt zu finden, und kroch an Land. Dann drehte er sich um und winkte Josh zu. «Jetzt du, los!»

Josh grinste und machte es wie Larry. Er schlug aufs Wasser, schaufelte sich spritzend hinüber und lachte fröhlich dabei.

Aber Larry lachte nicht mit. Er schrie Josh mit gellender Stimme zu, sich zu beeilen, das Gesicht vor Schreck verzerrt. Gerade noch rechtzeitig hatte er aus dem Augenwinkel gesehen, was da kam: zwei mattgraue Dreiecke, die um die leichte Biegung des Kanals furchten, Rücken- und Schwanzflosse eines Hais, den das Platschen angelockt hatte und der auf die unerwartete Beute zuschoß, ehe sie entkommen konnte. Josh war mit der See aufgewachsen. Er begriff die Dringlichkeit in Larrys Stimme, das Lachen gefror ihm in der Kehle, und er legte all seine Kräfte in die letzten Schwimmzüge. Beim letzten Zurückschauen zum Atemholen sah er die Bugwelle des riesigen Fisches wie ein Torpedo auf sich zuschießen. Er sah den abschließenden Schlag der Schwanzflosse, das geöffnete Maul – aber Larry hatte ihn am Arm, und mit jener übermenschlichen Kraft, die einem in Augenblicken zuwächst, wenn es auf Leben und Tod geht, riß er ihn so wild an Land, daß sie übereinanderfielen.

Ein paar Minuten blieben sie wie gelähmt liegen. Ihre Herzen schlugen wild, und als sie sich endlich beruhigt hatten, sagte Josh: «Das war ein Tigerhai.»

«Ich weiß», nickte Larry.

«Wie groß, meinst du?»

«Groß genug. Er hätte uns beide wie nichts geschnappt.»

«Was macht der denn hier, Larry?»

«Wer kennt sich schon bei Haien aus? Ich

könnte mir denken, daß er sich in diesen Graben verdrückt hat, als das Meer ablief, und dann nicht mehr rauskonnte. Es scheint ja sonst nichts Lebendiges drin zu sein. Also ist er nur immer auf- und abgeschwommen, und wir müssen ihm wie eine hochwillkommene Mahlzeit vorgekommen sein.»

«Das war knapp», sagte Josh. «Haie schwimmen sehr schnell!»

«Ich möchte das nicht noch einmal durchmachen», sagte Larry.

Sein Freund sah ihn mit einem merkwürdigen Blick an. «Vielleicht ist es aber notwendig», sagte er. «Wir müssen ja zurück.»

3

Die Brüder Jimson waren erfahrene Seeleute, aber in dieser Umgebung fanden sie sich überhaupt nicht zurecht. Sie hatten fast einen Kilometer von ihrem gestrandeten Boot zurückgelegt, aber sie waren triefnaß und sandbedeckt, weil sie immer wieder in Schlicklöcher fielen und nur allmählich aus Erfahrung lernten, wo man sicher gehen konnte und wo nicht.

«Ich hoffe, du weißt, was du tust», sagte Joie.

«Halt die Klappe und quatsch nicht!» Bud schaute einen Augenblick auf den Taschenkompaß, klappte ihn zu und steckte ihn wieder in die Tasche. «Es ist nicht mehr weit bis Skittle's Rock. Noch eine Stunde vielleicht.»

Joie seufzte tief und schaute hinter sich. Die Insel Ara war nur noch ein undeutlicher Schatten am Horizont. Aber zwischen ihnen und der Insel bewegten sich ein paar Punkte, die vorher nicht dagewesen waren. «Also dann weiter. Da hinten kriegen wir Gesellschaft.»

Bud murmelte etwas in den Bart. Sein Gesicht war dunkel vor Ärger.

«Die sind wohl allesamt unterwegs zum Beutemachen.»

«Warum müssen wir dann zur *Blue Tuna*? Ich sehe ja ein, daß niemand wissen darf, warum sie gesunken ist, aber –»

Bud schluckte seinen Ärger hinunter und erklärte es seinem Bruder wie einem Kind: «Alle suchen doch nach der *San Simon*, klar?»

Joie dachte einen Augenblick nach und nickte.

«Aber Vincent Damar, nicht wahr, hat sich nie die Mühe gemacht, da zu suchen, wo alle anderen die *Simon* vermuten, stimmt's?»

«Na klar, deshalb haben wir ihn ja auch alle für einen Trottel gehalten.»

«Er war gescheiter als alle anderen, du Dummkopf. Er hat sich in die Unterlagen gekniet. Er hat herausgefunden, daß jemand anderes die Schätze schon gehoben hat und daß dieses Bergungsschiff dann auch gesunken ist. Und zwar wahrscheinlich irgendwo bei Skittle's Rock, weil Vincent Damar sich auf dieses Gebiet konzentriert hat.»

«Dann gehen wir doch lieber dahin und lassen die *Blue Tuna*, wo sie ist!» winselte Joie.

«Oh du Vollidiot! Wenn jemand die *Tuna* findet und den Kanister mit unserem Namen da entdeckt, wandern wir für zehn Jahre in den Knast. Du mußtest ja auch so blöd sein, ein fremdes Boot mit einem unserer Kanister zu versenken!»

«Sei doch nicht so! Wer konnte denn ahnen, daß sowas passiert? Der Kahn sollte einfach absacken, und fertig.»

«Schon mal von Tauchern gehört, Blödmann? Wenn sie das Wrack geortet hätten und mit Tauchanzügen hinunter wären, um mal nachzusehen – was dann?»

«Ja, ja. Du hast schon recht, Bud.»

«Eben. Jetzt nimm die Axt und komm.»

Vorsichtig stiegen sie den Hang hinunter. Ihre Füße platschten im nassen Sand. Der Boden veränderte sich. Der Sand wurde dunkler, das Seegras wuchs in kleineren Büscheln, und es ging immer merklicher bergab. Sie wußten beide, daß sie jetzt mehr als fünfzehn Meter unter dem normalen Meeresspiegel waren. Obgleich sie sich trockenen Fußes bewegten, war es ein entnervendes Gefühl. Und was es noch schlimmer machte, war der Umstand, daß sie keinen Überblick mehr hatten, weil der unebene Meeresboden ihnen jede Fernsicht nahm. Und am schlimmsten war, daß sie nicht wissen konnten, ob nicht vielleicht plötzlich die Flut zurückkam. Die See war so schnell und lautlos verschwunden. Wenn sie ebenso zurückflutete, würden sie einfach weggespült werden. Bud ging das alles durch den Sinn, aber er sagte seinem Bruder nichts davon. Er hatte Angst, Joie könne in Panik geraten, wenn ihm die möglichen Folgen bewußt würden.

Die Sonne hoch am Himmel war eine grelle,

brennende Scheibe. Ringsum flimmerte es vor Hitze. Als der Sand heißer wurde und das Wasser verdampfte, schien sich ein Schleier feiner Dampffahnen wie Bodennebel über den Meeresgrund zu legen. Zu ihren Füßen begannen zahllose kleine Lebewesen, die sich im Sand wie in einem Backofen gefangen fanden, nach oben ins Kühle zu streben, und der ganze Boden waberte, als sei er lebendig. Joie schüttelte sich angewidert und schloß enger zu seinem Bruder auf.

Gerade vor ihnen lag wieder eine dieser merkwürdig geformten Erhebungen, nach Osten zu etwas höher mit jähem Steilabfall, und als sie den umgangen hatten, hob Bud die Hand und blieb stehen. Vor ihnen ragten große verrottete Spantenreste aus dem Sand, so sauber aufgereiht, daß ihnen augenblicklich klar war: sie standen vor dem Skelett eines jahrhundertealten Schiffes. Ein paar Meter weiter fand sich die endgültige Bestätigung. Eine schwere Kette lag aufgerollt zwischen Steinbrocken und Gerümpel, von Seegras und Korallen überwuchert, und endete im Ring eines gewaltigen Ankers, der vom Sand fast völlig zugedeckt war.

Die Brüder wußten mit Ballaststeinen Bescheid. Es war zweifellos ein spanisches Schiff, aber ob es sich um eine der goldbeladenen Galeonen auf dem Weg nach Spanien handelte oder ob das Schiff leer auf dem Weg nach Mexiko gewesen war, konnten sie nicht feststellen. Zwei Kanonenrohre, die seitlich aus dem Wrack ragten, ließen auch keine

Schlüsse zu, aber bei ihrem Anblick begannen Joies Hände vor Erregung zu zittern.

«Bud, weißt du, was wir da gefunden haben? Ein Wrack, ein richtiges spanisches Wrack! Und nicht einmal registriert! Niemand weiß was davon!»

«Das kümmert uns jetzt nicht!» schrie Bud ihn an.

«Dich vielleicht nicht. Aber wenn du glaubst ...» Joie holte aus und schmetterte die Axt gegen einen Klumpen Korallen, der in Stücke ging und in den Sand fiel. Ein Fleck schwarzen Teers kam darunter zum Vorschein.

Bud zwang sich, ruhig zu bleiben. Er zog den Kompaß aus der Tasche, kletterte auf das Wrack und peilte das entfernte Ara an. Er machte ein paar Notizen, nahm als zweiten Fixpunkt die Insel Ramu, die gerade noch sichtbar war, schätzte die Entfernung, las die Kompaßzahlen ab und schrieb all das nieder. «Was machst du denn da?» rief Joie zu ihm hinauf.

«Wir wollen doch den Platz später wiederfinden, du Blödmann.»

«Das ist jetzt einfach. Aber was machen wir, wenn die Flut zurückkommt?»

«Tauchen, du Dussel», erwiderte Bud am Rande seiner Fassung. «Niemand als wir kennt die Stelle. Jetzt dürfen wir keine Zeit verlieren. Später haben wir genug. Kapierst du das, oder brauchst du's schriftlich?»

Joie grunzte und zuckte die Achseln. «Du mußt mich ja für schön blöd halten, was?»

«Aber wie kommst du denn auf sowas?» sagte Bud hämisch. Er warf noch einen Blick auf das Wrack, das schon so viele Jahre hier lag. Kein Wunder, daß man hundertmal darüber wegsegeln konnte, ohne etwas davon zu bemerken. Es war reines Glück, wenn man so etwas überhaupt entdeckte. Das Schiff konnte meilenweit von hier gesunken sein, und Stürme hatten es dann später landein rollen lassen. Wenn es so gewesen war, lagen die Schätze möglicherweise weithin über den Meeresboden verstreut. Aber sie hatten doch wenigstens einen Ausgangspunkt für die Suche. Bud klopfte sich auf die Tasche mit dem Papier drin. Solange er diese Kartenskizze hatte, dachte er, war das Wrack hier nur ein Anfang.

Larry und Josh standen am Fuß der «Alten Dame», der größten von neun steilen Felsnadeln, die vom Meeresboden bis knapp unter den Wasserspiegel aufragten und immer wieder den Boden von Schiffen aufrissen, deren Steuerleute sich verfranzt hatten. Ringsum war der Sand mit Teilen hölzerner und eiserner Schiffsrümpfe übersät, die diesen Zackenklippen zum Opfer gefallen waren – Spanten mit rostigen Nägeln, losgerissene Eisenplanken, Maschinenteile und verrottete Reste von Ladung.

Die Spitzen dieser Felsnadeln, der «Skittle's Rocks», ragten gerade hoch genug, um den Bauch eines Schiffes aufzureißen, ließen ihm aber Zeit, noch eine Meile oder mehr weiterzulaufen, ehe es absackte. Larry erinnerte sich, wie sein Vater einmal die Seekarte studiert und zu schätzen versucht hatte, wie weit so ein havariertes Schiff noch kommen konnte. Und wie er mit dem Zirkel einen Kreis geschlagen hatte, in dem er suchen wollte, wenn er mit dem gegenwärtigen Projekt fertig war.

Jetzt konnte Larry mit eigenen Augen abschätzen, welche Möglichkeiten sich hier boten, Gold zu finden. Millionen von Dollars in Goldbarren und Münzgold aus Mexiko mußten in Sichtweite von Peolle auf dem Meeresgrund herumliegen. Die Archive in Madrid führten einen Teil dieser Schätze auf, aber der andere – all das, was Kapitäne und Besatzungen auf eigene Rechnung gestohlen und nie angegeben hatten – kam noch dazu. Sein Vater hatte gemeint, das könne noch einmal die Hälfte des Registrierten ausmachen.

Larry schwieg eine Weile, in Gedanken versunken. Wenn sie nur einen einzigen Goldbarren fanden oder einen Klumpen Silbermünzen, wie in McKees Museum, brauchte sein Vater kein Darlehen mehr aufzunehmen und nie wieder Schulden zu machen. Sie konnten den Pachtvertrag für das Inselgrundstück erneuern, ein neues Boot kaufen – wenn er und Josh nur ein winziges Stückchen des Reichtums fanden, der da vor ihrer Haustür verstreut lag.

Josh brachte ihn in die Wirklichkeit zurück. «Von der Felsspitze da oben muß man alles sehen können», sagte er. «Es ist der höchste Punkt weit und breit.»

«Mhm, da hast du recht. Probieren wir's.»

«Paß auf die Korallen auf. So ein Schnitt kann sich böse entzünden.»

«Ja, Josh. Willst du's da links von mir versuchen?»

«Also los», sagte Josh.

Sie kletterten langsam und behutsam und prüften jeden Griff und Stand sorgfältig. Zweimal hielt Larry inne, um rostige Metallteile und einen dreißig Zentimeter langen Belegnagel aus den Korallen zu brechen – Erinnerungsstücke an tödliche Küsse zwischen Menschenwerk und Natur in längst vergangenen Zeiten. Neben ihm griff Josh schließlich nach der oberen Plateaukante, und als sie sich beide auf den Gipfel der «Alten Dame» zogen, war ihnen bewußt, daß sie etwas taten, was vor ihnen noch kein Mensch getan hatte.

Die Sicht von da oben war beinahe unbegrenzt. Sie konnten den immer steileren Abfall des Meeresbodens bis zu der Stelle sehen, wo er, fünfhundert Meter weiter und etwa zwanzig Meter tiefer, wieder in eine Art Ebene überging. Sie wußten, daß anderthalb Kilometer seewärts der große Steilabfall in ungeheure Tiefen begann, wo seltsame Wesen in ewiger Dunkelheit lebten.

Aber wo war das Meer? Hitzegeflimmer und Dunstschwaden beschränkten die klare Sicht auf etwa einen halben Kilometer, und was dahinterlag, blieb im Ungewissen. Josh beschattete die

Augen mit der Hand und blickte nach Norden, als versuche er, etwas ganz Bestimmtes auszumachen. Dann sagte er: «Larry, wer hat ein knallrot gestrichenes Boot?»

«Na, wer schon? Die Jimsons.»

«Schau mal.» Er deutete hin, damit Larry seinem Blick folgen konnte. «Den kleinen roten Punkt, beinahe am Horizont. Siehst du ihn?»

Larry nickte. «Ja klar. Ich weiß, was du meinst. Aber könnte das nicht irgendwas auf dem Meeresgrund –?»

«Nicht sowas Knallrotes», fiel ihm Josh ins Wort. «Das ist noch neu und glänzend. Schau doch, wie es die Sonne reflektiert!»

«Sie müssen da draußen gestrandet sein.»

Josh schüttelte den Kopf. «Wart mal.» Er beschattete wieder die Augen, um alle Blendung möglichst auszuschalten. Dann wurde ihm klar, was ihn irritiert hatte: Da draußen bewegten sich zwei schwarze Punkte langsam auf sie zu. «Sie sind nicht mehr an Bord. Sie kommen hierher.»

Einen Augenblick später sah sie auch Larry. Sie waren eine volle Minute gut sichtbar, dann verschwanden sie hinter einer Sandbank. «Komm, wieder runter», sagte er.

«Wo, meinst du, wollen die hin?»

«Wo wir auch hinwollen», sagte Larry.

Gemeinsam begannen sie den Abstieg, aber plötzlich hielt Larry inne. Einen Augenblick lang konnte er zwischen den Felsnadeln durchsehen, und was er da sah, ließ ihn den Griff verkrampfen.

«Was ist los?» fragte Josh.

«Ich glaube, ich habe die *Blue Tuna* entdeckt», sagte Larry.

«Ganz bestimmt?»

«Den Rumpf kenne ich zu gut. Er liegt noch nicht lange genug da unten, um zerbrochen zu sein, und ist noch tipptopp.»

«Wie lange brauchen wir, um hinzukommen?» fragte Josh.

«Fünfzehn Minuten, würde ich denken.»

«Hmm. Wenn das da draußen wirklich die Jimsons sind, brauchen sie mindestens noch eine Stunde. Das gibt uns genug Zeit zu tun, was du für nötig hältst.»

Wortlos setzten sie den Abstieg fort und machten sich dann auf den Weg zu der Stelle, wo Larry die *Blue Tuna* gesehen hatte. Sie orientierten sich nach der Sonne. Oben von der Felsnadel hatte es ausgesehen, als sei der Weg nicht schwierig, aber jetzt stellte sich heraus, daß das «Terrain» doch wieder aus zahllosen Tälern und steilen Hügeln bestand, die sie mühsam umgehen mußten.

Sie umrundeten, was sie für das letzte Korallenhindernis auf ihrem Wege gehalten hatten und von wo ab sie flachen Boden erwarteten. Aber was von oben so ausgesehen hatte, erwies sich nun als etwas ganz anderes: als lange konische Erhebung, die in schmale Enden auslief, ganz mit Sand bedeckt und von Seegrasbüscheln überwuchert, die die Form verborgen hatten.

Mit resigniertem Achselzucken trotteten die

Jungen daran entlang und achteten darauf, dem kleinen Wassergraben nicht zu nahe zu kommen, der sich daran hinzog. Sie befanden sich auf der Schattenseite, und im Wasser gab es allerlei Bewegung. Eine Anzahl von Lebewesen waren offenbar zurückgeblieben, als die See ablief, und zweimal konnten sie das Aufleuchten von Augen, die langsame Bewegung zahnbewehrter Mäuler und pulsierender Kiemen sehen.

Ein Korallenklumpen ragte aus der Mitte des Hügels hervor; Larry nahm eine leere Muschel und warf sie dagegen. Sie schlug mit dumpfem Schlag auf und brach in Stücke.

Aber das war nicht alles. In den Korallen tat sich ein Spalt auf, wurde rasch breiter, und dann riß sich mit hartem Knirschen der ganze Klumpen los und plumpste auf den Sand darunter.

Mit vor Erstaunen weit aufgerissenen Augen blickten die Jungen auf das Metall, das unter den Korallen zum Vorschein kam. Mit abermaligem Knirschen rutschte eine weitere Portion Korallen in die Tiefe, wie tauender Schnee vom Dach. Josh zog die Luft durch die Zähne: «Larry!»

Und Larry wußte, was das war. Er hätte es schon an der Form und dem vorstehenden Mittelstück erkannt, wenn er genau hingeschaut hätte. Aber jetzt, wo die abbröckelnden Korallen die unverkennbare Struktur darunter freigaben, gab es keinen Zweifel mehr.

«Ein U-Boot», sagte er.

«Ein – U-Boot?»

«Was du da siehst, ist die Turmluke. Das Boot liegt auf der Seite.»

«Aber Larry, es gibt kein U-Boot hier. Mein Vater wüßte das. Er ist den ganzen Krieg hier gewesen –»

«Nicht aus diesem Krieg», erläuterte Larry.

«Was meinst du damit?»

«Schau dir mal die Länge an. Das ist doch nur eine Nußschale, verglichen mit modernen U-Booten. Und schau, wie dick die Korallenschicht ist.» Er hielt inne, trat näher an das entblößte Metall heran und musterte die Oberfläche. Am Rand waren alte Schriftzeichen erkennbar. Er konnte die Worte nicht lesen, aber er erkannte die Sprache. «Das ist ein deutsches U-Boot aus dem Ersten Weltkrieg, Josh.»

«Hier?»

«Ja, warum nicht? Man hat schon andere in so seichtem Wasser gefunden.»

«Aber wie sind die denn hierher gekommen, Larry? Was soll ein ..., ein U-Boot denn hier wollen? Warum –?»

Larry unterbrach ihn. «Sie wollten gar nicht hierher. Vergiß nicht, wie lange das her ist und wie primitiv die Technik damals noch war. Weißt du, was ein Tauchventil ist?»

Josh schüttelte den Kopf.

«Also das ist ein Ventil, das Wasser einströmen läßt, wenn das Boot tauchen soll, und durch das man mit Druckluft das Wasser wieder ausbläst, um auftauchen zu können. Manchmal haben sich diese Ventile verklemmt, wenn das Boot getaucht war, und dann war die Reise natürlich zu Ende. Dann konnte es Monate, vielleicht Jahre dauern – aber wenn der Innendruck ganz allmählich einen Weg durch das Ventil fand, kam das Boot beinahe wieder zum Schwimmen, und Wellen oder Gezeitenströmungen konnten es dann an Land treiben oder in Flachwasser wie hier.»

«Und du meinst, da sind noch immer Menschen drin?»

«Wenn sie drin sind, sind sie längst tot.»

«Larry, also weißt du –»

«Komm, komm, Josh, wir wollen ja nicht reinkriechen. Und im Augenblick geht das ja auch gar nicht.»

Josh warf ihm einen mißtrauischen Blick zu. «Was heißt ‹im Augenblick›?»

In Larrys Augen trat ein Ausdruck großen Ernstes. Ihm wurde plötzlich klar, wie wichtig dieser Fund war und was er historisch bedeuten konnte. «Mein Vater könnte das Wrack melden, und ich möchte wetten, die Regierung würde sich gern an der Bergung beteiligen.»

«Aber ist das nicht – na ja – eine Art riesiger Sarg?»

Larry bedachte das einen Augenblick. «Sicher. Aber denk mal daran, was sie mit der *Arizona* in Pearl Harbour gemacht haben. Auf seine Art ist auch das hier eine Art Denkmal, ein Stück Geschichte. Aber das muß Pa entscheiden.»

Josh nickte und blickte sich um. «Weißt du,

Larry, ich hab' ja keine Angst – wirkliche, richtige Angst, meine ich –, aber ich bin doch froh, wenn wir wieder sicher zurück an Land sind.»

«Ich auch, das kannst du mir glauben. Aber erst haben wir noch was zu erledigen.» Sie gingen weiter bis zum schmalen Ende der Erhebung. An der korallenüberwucherten Rundung erkannten sie, daß es das Heck war. Darunter mußten Schrauben und Ruder verborgen sein.

«Meinst du, wir finden das Wrack wieder, Josh?»

«Klar. Es liegt genau in der Verlängerung der beiden letzten Felsnadeln, ungefähr fünfhundert Meter entfernt. Und es ist gut an dem Dingsda zu erkennen, wo die Korallen abgefallen sind.»

«Der Turmluke», wiederholte Larry.

Josh warf noch einmal einen Blick auf die seltsame Form. Von da, wo er stand, konnte er die Umrisse genau erkennen, und es überlief ihn kalt, als er sich vorstellte, wie es im Inneren dieses Stahlkörpers aussah. Dann wandte er sich um, schaute über Larry weg und sagte leise: «Da ist die *Tuna*!»

Bud und Joie Jimson hatten sich entschlossen, Geländehindernisse nicht zu umgehen. Sie hatten das Gefühl gehabt, auf geradem Weg über Stock und Stein rascher vorwärtszukommen. Aber sie merkten bald, wie anstrengend es war, sich feuchte Sandhänge hinaufzuquälen, wo einem der Grus in die Schuhe geriet und die Haut wundscheuerte. Ihre Arme waren von Korallen zerkratzt, und die Stacheln eines Seeigels waren durch Joies Segeltuchschuhe gedrungen und hatten sich in seine Ferse gebohrt. Einseitig nur auf den Zehenspitzen gehen zu können, ermüdete ihn rasch.

Am Rande einer Sanddüne legten sie eine Rast ein. Der Gestank trocknenden Tangs stieg um sie auf, und Joie sagte: «Mensch, laß uns ein bißchen ausruhen. Ich komme nicht mehr mit.»

«Du mußt, Bruderherz, oder ich laß' dich hier allein.»

Joie leckte sich die aufgesprungenen Lippen und schluckte. «Das wirst du mir doch nicht antun.»

«Und ob ich das werde! Ich habe dein ewiges Gejammer so satt, daß ich gute Lust hätte, dich an die Krabben zu verfüttern.»

«Bud –»

«Halt die Klappe!» Er drehte sich auf den Bauch. «Schau, wo ich hinzeige, Joie; fällt dir nichts auf?»

«Wo?»

«Schau doch auf meinen Finger, Blödmann!»

«Du meinst das dunkle Dings da drüben?»

«Das dunkle Dingsda ist die *Blue Tuna.*» Er zog verärgert die Stirn in Falten. «Du lernst auch nie ein Boot vom andern unterscheiden. Siehst du die Rumpfform? Der Mast ist noch zu sehen, und sie hat noch kein einziges Fleckchen Tang angesetzt. Sie liegt noch nicht einmal lang genug auf Grund, daß sich Muscheln auf ihr niedergelassen hätten. Aber wenn jemand sie früher findet als wir, weißt du ja, was uns blüht.»

Joie nahm sich nicht die Mühe, seinen Bruder anzusehen. Er zuckte nur die Achseln und sagte: «Dann solltest du dich aber beeilen, Bud.»

«Was soll das heißen?»

Joie nickte zur *Blue Tuna* hin und sagte: «Da drüben sind *noch* zwei schwarze Dinger. Und sie bewegen sich wie Menschen.»

Bud fühlte Sand zwischen den Zähnen knirschen. Er riß seinen Bruder hoch und stieß ihn den jenseitigen Abhang hinunter. Er nahm ihm sogar die Axt weg, damit sie ja nicht verlorenging, und seine Finger schlossen sich um den Griff, als wolle er etwas zerschmettern.

Im gleichen Augenblick tat es Joie leid, daß er überhaupt etwas gesagt hatte. Bud hetzte in seiner Wut mit mörderischer Geschwindigkeit über den trügerischen Sand, und Joie war praktisch am Ende seiner Kräfte.

4

Es war ein unheimliches Gefühl, so um das gesunkene Boot herumgehen zu können. Die *Blue Tuna* lag auf der Backbordseite, der Wimpel hing noch im Topp. Als ob sie schliefe, dachte Larry. Die Angelruten staken noch in der Halterung, und zarter Glanz lag noch auf den Chrom- und Messingbeschlägen im hellen Sonnenlicht, obgleich das Salzwasser sein Zerstörungswerk fast überall schon begonnen hatte.

Larry ging ums Heck herum, strich zärtlich mit der Hand über den Achtersteven und legte sie dann auf die Schraube. Er drückte dagegen und fühlte, wie sie sich ein wenig bewegte; aber auch sie zeigte schon erste Spuren von Zerstörung.

Josh war zum Bug gegangen und wartete auf ihn neben dem gähnenden Leck im Schiffsboden. Larry warf einen Blick auf die aufgerissenen Holzplanken. Das Loch war groß genug, ihn und Josh gleichzeitig durchzulassen. Was immer die Ursache gewesen war: der tödliche Schlag war so gewaltig gewesen, daß er die Besatzung fast mit in die Tiefe gerissen hätte.

Er streckte die Hand aus und befühlte die verbliebenen Planken. Irgend etwas in ihrer Farbe und Form irritierte ihn. Sie waren um das Leck herum nicht ausgefranst und zersplittert, sondern schwarz und glatt und zerkrümelten unter den Fingern. In einem Umkreis von fünfzehn Zentimetern um das Leck fühlte sich das Holz schwammig an, wie vorverdaut.

«Sieht aus wie verbrannt», meinte Josh.

«Das ist keine Brandstelle», sagte Larry. «Wie hätte es anbrennen sollen?»

«Ausgelaufener Treibstoff in der Bilge, ein Funke –»

«Treibstoff schwimmt oben auf dem Bilgenwasser.»

«War überhaupt Bilgenwasser da?»

Larry schüttelte den Kopf. «Nur wenig. Die *Tuna* war ungewöhnlich dicht, und Pa hat sie immer gut kalfatert. Außerdem: wenn da was gebrannt hätte, hätte es nach Rauch riechen müssen. Und das hat es nicht.»

«Na ja», wandte Josh ein, «aber es war doch Sturm. Die Luken waren dicht, und ihr seid gegen den Wind gelaufen.»

«Nein, wir müßten was gemerkt haben. Aber es machte nur einfach Rrrums – und der Schiffsboden war beim Teufel. Ganz plötzlich standen wir knietief im Wasser und gingen über Bord.»

Er wies mit dem Kinn auf das Leck. «Weißt du, wieviel Tonnen Wasser da in zehn Sekunden einströmen können?»

«Ich mag gar nicht dran denken», sagte Josh.

«Ich auch nicht. Aber ich möchte verdammt gerne wissen, was da passiert ist.»

«Du willst unter Deck?»

«Das ist ja kein altes U-Boot.»

«Okay.» Josh grinste. «Ich komme mit.»

Sie gingen zurück nach Backbord und zogen sich auf das Deck. Es roch noch feucht und war mit einer schlüpferigen Algenschicht überzogen. Behutsam hangelten sie sich zu den Mahagonitüren vor dem Niedergang; von einem Fußtritt Larrys brach das kleine Messingschloß und die Türen flogen auf. Licht strömte durch die Steuerbordluken und brach sich in dem trüben Wasser, das den Rumpf zur Hälfte füllte wie eine Salatschüssel. Ein anderes helles Lichtbündel kam durch das Leck im Schiffsboden und spielte über die Maschine, die noch von Schmierfett glänzte. Ein Paar Rettungswesten schaukelten auf der Oberfläche, zwischen ungeöffneten Kaffeebüchsen, einem abgerissenen Stück Gitterfußboden und Vaters schwimmender Werkzeugkiste.

Zu Larrys Füßen hatten sich drei Stahlflaschen mit Preßluft unter dem Niedergang verklemmt. Er trat sie los und sah zu, wie sie ins ölige Wasser rollten. Dann bewegte er sich behutsam auf das Leck zu. Irgend etwas stimmte nicht, und es kostete ihn eine volle Minute herauszufinden, was das war. Das Loch erstreckte sich vom Kielschwein die Spanten aufwärts und endete nahezu in einer Waagerechten. Aber als er Spanten, Planken und Kielschwein um das Loch herum näher besah, wirkte auch hier alles wie verkohlt.

Nein, das Boot war nicht durch äußere Gewalt leckgeschlagen worden, und schon gar nicht durch Feuer an Bord. Ihm war klar, was die Ursache war, aber unklar, wie es geschehen konnte.

Bis er einen Blick auf die Preßluftflaschen warf, die vor seinen Füßen herumschwammen. Sie gehörten normalerweise in eine Halterung an der Wand, und als er danach tastete, zog er einen Metallstreifen heraus, der fast völlig durchschnitten war, ehe die Erschütterungen beim Sturm ihn ganz abrissen. Und dann sah er die andere Flasche – oder was beinahe wie eine Preßluftflasche aussah: fünfzehn Zentimeter im Durchmesser und sechzig Zentimeter lang, aber von grüner Farbe. Der Verschluß, von dem er wußte, daß er nie festgezogen worden war, fehlte, und der Stahlbehälter war innen mit Glas verkleidet.

Diese Flasche hatte nie etwas anderes enthalten als ätzende Säure, und als sie umfiel, lief ihr Inhalt aus und begann sich durch den Bootsboden zu fressen. Es konnte nicht lange gedauert haben, bis die Planken so zersetzt waren, daß ein harter Wellenschlag genügte, den Rest zu erledigen und die *Blue Tuna* absacken zu lassen wie einen Stein.

Ein grimmiges Lächeln lag auf Larrys Gesicht. Solche Flaschen hatte er schon früher gesehen. Sie lagen in Stapeln vor dem Bootshaus der Jimson-Brüder.

Er griff sich die Flasche und zog sie aus dem Wasser. Dann hörte er Josh seinen Namen rufen, und es klang dringend. Er hangelte sich zum Niedergang zurück und zog sich an Deck. «Ja, was ist?»

«Da! Siehst du? Zwei Leute. Sie kommen hierher.»

Larry kniff die Augen zusammen und nickte. «Klar, das sind Bud und Joie.»

«Was machen wir jetzt, Larry?»

«Ganz sicher nicht hierbleiben. Wir sind nur zwei Jungen, und sie werden den Teufel tun und uns herumerzählen lassen, was wir hier gefunden haben.» Josh warf ihm einen scharfen Blick zu, und Larry berichtete von seiner Entdeckung. Für Josh war der Tod eines Bootes eine ernste Sache, gar wenn er absichtlich herbeigeführt wurde, ohne Rücksicht auf die Menschen an Bord. Er spürte Wut und Ärger in sich hochsteigen.

«Ich wünschte nur, Larry, wir wären erwachsen. Ich wünschte, mein Vater und deiner wären jetzt da, um es ihnen zu zeigen. Ich wünschte –»

«Wünschen hilft uns hier nicht weg», sagte Larry. «Paß auf, wir verkrümeln uns auf die andere Seite und halten die *Tuna* immer zwischen uns und ihnen. In jeder anderen Richtung können sie uns den Weg abschneiden, aber wenn wir uns weit genug davonmachen, bieten uns Gras und Dünen Deckung.»

«Du vergißt unsere Spuren im Sand!»

«Das müssen wir riskieren. Wenn wir Glück haben, verwischt sie das Sickerwasser. Los!»

Sie kletterten gebückt das schlüpferige Deck hinauf und ließen sich auf der anderen Seite in den Sand gleiten. Dann fielen sie in gemessenen Trab, weil sie wußten, daß sie Kräfte sparen mußten. Übermäßige Eile würde sie so tief einsinken lassen, daß sie rasch ermüdeten – und überdies ihre Spuren unverwischbar machen.

So oft sie das Tempo verlangsamten, blickten sie nach hinten, ob sie sich noch in Deckung der *Blue Tuna* hielten. Aber sie wußten, daß es nicht mehr lange dauern konnte, ehe die Jimsons sie entdeckten. Ihre einzige Hoffnung war, rechtzeitig die Niederung zum Steilabfall hin zu erreichen, wo der Wattboden dunkler war und ihnen mehr Deckung bot. Dort wären sie sicher vor den Jimsons. Wenn allerdings die See zurückkehrte ...

Bud Jimson lief die letzten hundert Meter bis zur *Blue Tuna* beinahe im Laufschritt, die Augen auf die fremden Fußspuren gerichtet, die sich deutlich abzeichneten. Joie hielt sich neben ihm, atemlos und mit vor Erschöpfung herausquellenden Augen, aber sein Bruder war voll gespannter Frische. Für ihn waren Larry und Josh nicht einfach Kinder – für ihn waren sie der *Feind*, und Feinde mußte man vernichten, ehe sie einen vernichteten. Sein Griff schloß sich um die Axt; er blieb stehen und hielt Joie mit der Hand zurück.

«Leise jetzt! Sie sind drin. Wir haben sie.»

«Bud –»

Ohne ihn einer Antwort zu würdigen, zog Bud sich über die Backbordreling. Er warf einen Blick auf die zerschmetterte Tür und grinste bösartig. Er wußte, was er vorhatte, und es machte ihm nichts aus. Denn wenn die See zurückkehrte, würde sie alle Beweise wegwaschen, und das Verschwinden der Jungen würde als einer jener Unglücksfälle registriert werden, die vorwitzigen Landratten eben zustoßen.

Nur: irgend etwas stimmte nicht. Wenn sie wirklich da drin waren, mußte man sie doch hören – aber es blieb alles still, kein Laut drang aus dem Inneren. Er schlug die Axt in die Decksplanken und zog sich am Setzbord zur Tür hinauf. Mit einer gemurmelten Verwünschung hangelte er sich hinein. Binnen einer Minute hatte er die Flasche und bald darauf auch den Verschluß gefunden. Als er wieder an Deck kam, griff er die Axt, warf sie samt der Flasche in den Sand und sprang selbst nach.

Joie hatte inzwischen die Fußspuren auf der anderen Seite entdeckt. Er zeigte sie seinem Bruder, hielt sich aber in sicherem Abstand von ihm. Bud ließ seine Wut gern an ihm aus, und er hatte keine Lust, den Prügelknaben zu spielen.

Diesmal freilich geriet Bud keineswegs in Wut. Er hatte gefunden, weswegen er gekommen war, und wollte es irgendwo weit vom Boot vergraben. Das wäre damit erledigt. Dann konnte er die verdammten Bengel jagen und sie auch erledigen. Nur sie standen dem Traum seines Lebens noch im Weg.

Joie war zwar schwer von Begriff, aber kein völliger Narr. Er wußte genau, was sein Bruder vorhatte, und spürte, wie ihm das Herz in der Brust zu flattern begann. Er ergriff Bud am Hemd, ehe der sich in Bewegung setzen konnte, und hielt ihn fest. «Hör mal, Bud, warum bist du denn hinter den Jungen her? Die hetzen nur ihre Väter auf uns, und dann haben wir nichts zu lachen.»

Es ist Zeit, Joie reinen Wein einzuschenken, dachte Bud. Mut war zwar nicht Joies Sache, aber Habgier. Wenn es etwas zu erben gab, war Joie gleich dabei, und wenn er wußte, worum es in Wahrheit ging, würde er keine Schwierigkeiten mehr machen.

Mit diesem Entschluß wandte Bud sich um und starrte Joie mit kaltem, hartem Blick an. «Glaubst du denn, Vincent Damar ist aufs Festland gefahren, ohne seinem Jungen alles über das Bergungsschiff zu erzählen, das die Schätze der *San Simon* gehoben hat?»

«Meinst du, der Junge weiß –?»

«Der ist ein cleverer Kerl, das laß dir gesagt sein. Sein Vater hat eine Sondergenehmigung, ihn zu unterrichten, und er weiß schon heute mehr als die Kinder, die in die Inselschule gehen. Die beiden sind gerade jetzt hinter dem Wrack her, und wenn sie's finden, schauen wir in die Röhre. Ich weiß nur soviel, daß es ein eisernes Wrack ist, ein Dreimaster, ungefähr hundert Jahre alt. Ich hab' nie Gelegenheit gehabt, Vincent Damars Aufzeichnungen genau zu lesen, aber soviel weiß ich. Ist es dir lieber, daß *wir* dieses Schiff finden und uns mit all dem Geld ein schönes Leben auf dem Festland machen, oder ist es dir lieber, die Jungen kommen uns zuvor?»

Bud hatte richtig kalkuliert. Die Vorstellung von einem Leben in Reichtum trieb seinem Bruder die Gier in die verkniffenen Augen. «Wir vertun unsere Zeit», sagte Joie und begann, eilig den rasch verschwindenden Fußspuren entlangzulaufen. Er hinkte nicht einmal mehr.

Irgendwie hatte sich das Licht verändert. Die Sonne stand noch am Himmel und zog ihre weite Bogenbahn, aber die seltsame Bodenstruktur schien das Licht einzusaugen statt zu reflektieren. Larry und Josh hatten ein Gefühl, als bewegten sie sich auf einem anderen Stern.

Auch die Temperatur war gefallen. Als habe die Sonne ihre Hitze verloren, lag etwas Klammes und Kaltes in der Luft, das sich wie Frost im Winter auf die Haut legte, wie ein Vorbote wilder und schrecklicher Ereignisse.

Sie hatten die naßkalte Niederung aufgesucht,

weil sie hofften, dort einen gangbaren Weg nach Süden, parallel zum Steilabfall zu finden, und sich dann hinter den Dünen, von den Jimsons ungesehen, wieder westwärts zu wenden. Aber bisher hatte sich kein tragfähiger Weg gefunden.

Josh hielt sich rechts neben Larry und blickte besorgt um sich. Vor ihnen wurde das Gelände noch dunkler, als es ohnehin war, und die nassen Tümpel wurden häufiger. Es schien, als versage hier die Kraft der Sonne. Als Josh das aussprach, sagte Larry: «Wahrscheinlich ist da mehr Wasser unter dem Sand. Bei normalem Wasserstand wären wir zwanzig Meter unter dem Meer.»

«Es wird scheußlich schwabbelig, Larry.»

«Ja, ich weiß.» Er hielt inne und warf einen Blick zum Himmel. «Wenn ich nur wüßte, wie spät es ist.»

Josh folgte seinem Blick und starrte hinauf durch den unnatürlich grauen Dunst, der den grellen Glanz der Sonne verschleierte. Er konnte sich kein rechtes Bild von der Neigung des Geländes machen, wo sie standen, und daher die Sonnenhöhe nicht sicher schätzen. Er schüttelte nur bedenklich den Kopf und sagte: «Es muß schon nach Mittag sein. Wir sind an der Halbzeit-Marke, am – wie nennt man das?»

«Am kritischen Punkt», ergänzte Larry.

Josh nickte mit ernstem Gesicht. «Von jetzt ab müssen wir zurück, wenn wir vor der Dunkelheit daheim sein wollen oder ehe die Flut wiederkommt.»

Larry zeigte nach Nordwesten. «Also gut, dann gehen wir hinter dem Korallenriff da den Hang wieder hinauf. So haben wir wenigstens eine Zeitlang Deckung vor den Jimsons.» Er warf einen Blick auf die eigenen Fußspuren. «So wie der Schlamm unsere Spuren verwischt», sagte er, «müssen sie schon viel Glück haben, wenn sie uns folgen wollen.»

«Larry –»

«Ja?»

«Und wenn sie uns erwischen?»

In Larrys Gesicht zuckte es. Daran wollte er lieber nicht denken.

«Würden sie –?»

«Du kennst sie so gut wie ich, Josh», erwiderte Larry.

«Also beeilen wir uns.»

Aber ungesehen von ihnen und in etlicher Entfernung hatte Bud Jimson vorausgesehen, was sie tun würden. Er streckte die Hand aus, hielt seinen Bruder zurück und sagte: «Wenn wir uns da hinunterlocken lassen, verlieren wir ihre Spur.»

«Und was tun wir stattdessen?»

«Sie müssen ja wieder heraufkommen. Früher oder später müssen sie sich landwärts wenden, sonst holt die Flut sie ein.»

«Warum lassen wir sie denn nicht einfach da unten, und –»

«Weil sie das genausogut wissen wie wir, du Blödmann. Würdest *du* gerne bis zum Steilabfall weiterlaufen?»

«Nein, nein, natürlich nicht, Bud. Alles andere als das.»

«Und sie auch nicht. Was tun wir also? Wir schneiden ihnen den Weg ab. Wer sie erwischt, ist mir gleich – wir oder die Flut. Hauptsache, sie kommen nicht auf die Insel zurück. Ist das klar?»

«Klar, Bud.»

«Und was die Behörden betrifft, so hat die Flut sie erwischt. Wer kann das Gegenteil beweisen?»

Joie nickte. «Ich hoffe nur, es bleibt uns genug Zeit.»

«Keine Sorge», sagte Bud.

5

Zeit war genau das, was Larrys Vater nicht mehr blieb. Vincent Damar verließ das Gebäude der Lissop Bank in Miami und strebte dem Biscayne Boulevard zu. Lissop war seine dritte und letzte Hoffnung gewesen, und als sein Darlehensantrag auch dort abgelehnt wurde, wußte er, daß es aus war.

Am ärgsten traf ihn, daß er es Larry beibringen mußte. Dessen Glaube an die Fähigkeit seines Vaters, auch die unmöglichsten Probleme zu lösen, war so groß, daß Vincent fürchtete, die Mitteilung, sie seien am Ende, werde ein schwerer Schock für den Jungen sein. Und schlimm war, daß er das Gefühl hatte, sie seien dem Wrack, auf dem all ihre Hoffnungen ruhten, schon ganz nahe gewesen. Bis zum Untergang der *Blue Tuna* hatte er die Nähe des alten Schiffes buchstäblich spüren können, als sei sein Körper ein Magnet, der auf das Kraftfeld des alten Stahlrumpfes reagierte.

Aber natürlich, auf Gefühle konnte man kein Geld leihen. Das Bankkonto reichte gerade noch für den Umzug aufs Festland und für die ersten vierzehn Tage danach, um eine Stellung zu suchen.

Vincent Damar sah auf die Uhr und runzelte die Stirn. Wenn er schon in Miami war, sollte er eigentlich die Zeit nutzen. Ein oder zwei Monate lang konnte er schließlich jede Arbeit annehmen, die sie über Wasser hielt, während er seine alten Beziehungen zu Schulen wieder auffrischte, um etwas Dauerndes zu finden. Dafür brauchten sie eine Unterkunft, nicht zu teuer und – wegen Larry – möglichst nah bei einer Schule.

Sobald Vincent seine Pläne für den Rest des Tages gemacht hatte, kaufte er sich eine Zeitung, um den Stellen- und Wohnungsmarkt durchzusehen. Zum Glück war gerade nicht Fremden-Saison, und eine billige Bleibe mußte eigentlich zu finden sein.

Er merkte gar nicht, wie gedankenversunken er war, bis ihn ein paar Kinder auf Fahrrädern beinahe umfuhren. Er wollte ihnen nachrufen, tat es aber nicht. Einen Augenblick blieb er nur still stehen und fragte sich, was eigentlich in jedermann gefahren sei. Niemand bewegte sich in seine Richtung, jeder hastete nur dem Strand zu. Der Zeitungsverkäufer schloß seinen Stand, und Vincent fragte: «Was ist denn hier los?»

«Weiß ich auch nicht», sagte der Mann, «es soll was Komisches mit der See passiert sein.»

«Na, was soll da schon passieren?» fragte Vincent ärgerlich. «An so einem schönen Tag?»

«Wer weiß? Vielleicht ist ein Wal angetrieben. Schauen Sie doch selbst nach.»

Es lag wirklich etwas Beunruhigendes in der Hektik der Menschen. Auf ein Unglück schien allerdings nichts hinzudeuten – weder Trillerpfeifen noch Sirenengeheul waren zu hören, und die Streifenwagen der Polizei glitten gelassen durch die Straßen. Nur daß eben jedermann sonst eilig zum Strand hinunterstrebte. Mit einem Grinsen klemmte Vincent zuguterletzt die Zeitung unter den Arm und ging der Menge nach, um die Sache selbst in Augenschein zu nehmen.

Zwanzig Minuten später wußte er Bescheid.

Rings um ihn stand die Menge eng zusammengedrängt, als suche einer beim anderen Schutz; es herrschte fast völliges Schweigen. Niemand brauchte zu fragen, was geschehen war. Es lag jedermann vor Augen, klar und deutlich und über alles Verstehen hinaus gewaltig.

Auf unerklärliche Weise war die See mehr als einen Kilometer zurückgewichen und hatte die Fundamente der Großstadt nackt und kahl zurückgelassen. Boote lagen umgekippt auf dem Sand, und die Leinen mit denen sie an der Pier vertäut waren, waren gerissen wie Bindfäden. Die muschelverkrusteten Pfahlroste und Dückdalben sahen wie riesige Insektenbeine aus, die auf lächerliche Weise in kleinen Salzwassertümpeln standen.

Außer ein paar Bootseignern, die ihre Kähne zu retten versuchten, wagte noch niemand, dem feuchten Sandboden nahezukommen. Draußen, wo sich die Wellen brachen und zurückfluteten, blinkte eine leichte Brandung in der Sonne, und es war so still wie im Zentrum eines Wirbelsturms.

Vincent blickte nach oben und suchte den Himmel ab. Ein rundes Dutzend Flugzeuge kreiste da, eindeutig als Militärmaschinen zu erkennen. Zumindest die Luftwaffe hatte prompt auf das Naturwunder reagiert. Ein paar Hubschrauber knatterten die Küste entlang, und Fernsehkameras machten ihre Aufnahme für die Abendnachrichten.

Am südlichen Ende des Strandes kam Bewegung in die Menge. Die starre Front löste sich auf, brach auseinander, ganze Knäuel von Menschen überwanden ihr lähmendes Entsetzen und gaben der Neugier nach. Vincent sah sie auf die weite Sandfläche hinunterströmen und in den Schlick hineinwaten.

Im Gegensatz zu den anderen arbeitete sich Vincent zur Straße zurück. Es war ihm nur allzuklar, daß die Leute das für ein örtlich begrenztes Naturereignis hielten. Sie hatten schon früher ungewöhnliche Gezeiten erlebt, Springfluten, bei denen der Ozean völlig verrückt gespielt hatte, und das hier war nur eine neue Ausgefallenheit für ihre Sammlung.

Doch Vincent war Wissenschaftler, und er machte sich Sorgen. Er verstand etwas von Ozeanographie und war sicher, daß es sich nicht nur um eine örtliche Erscheinung handelte. Das Meer war ein Riese, der sich nicht mit Kleinigkeiten abgab. Was immer da geschah, mußte irgendwo seinen Ursprung haben; und der Ursprung dieses Naturphänomens lag vermutlich weit entfernt im Süden.

Und das war dort, wo Larry weilte!

Vincent schaute auf die Uhr und erkannte, daß Eile not tat. Der Auto- und Fußgängerverkehr war dichter geworden; alles strebte hinunter zum Wasser. Er wand sich hindurch, wich einen Block weiter nach Westen aus, wo die Straße weniger belebt war, und strebte halb gehend, halb laufend dem Rundfunkladen von Andra zu. Vor einem Jahr hatte er seine Funkausrüstung bei Bill Andra gekauft und wußte, daß Bill eine gut funktionierende Sende- und Empfangsanlage betrieb.

Er hatte Glück. Bill wollte gerade dichtmachen und nachsehen gehen, was für eine Aufregung in der Stadt war, aber Vincent schob ihn in den Laden zurück und berichtete, was er gesehen hatte. Dann fügte er hinzu: «Sehen Sie mal, hier in Miami ist das nichts als eine Rarität. Alle glauben, die Ebbe sei auf die nähere Umgebung beschränkt. Aber wer weiß, wie es woanders aussieht?»

«Das Fernsehen hat noch nichts gebracht», sagte Bill.

«Dazu haben sie noch keine Zeit gehabt.»

«Aber wenn die Ebbe schon so weit abgelaufen ist –»

«Die kann weit ablaufen, ehe jemand sich ernsthaft Gedanken macht, und der Strand ist flach genug, daß es schnell geht.»

Bill nickte weise. «Was können Sie da schon machen?»

«Lassen Sie uns versuchen, Larry über Funk zu erreichen. Soweit südlich von hier kann die Lage völlig anders sein.»

«Okay.» Bill deutete mit dem Kinn zu dem Sender auf dem Tisch. «Versuchen Sie's. Ich will zusehen, was ich auf den Frequenzen der Luftwaffe und Marine reinkriege. Und stellen Sie auch die Regionalnachrichten auf dem Kofferradio da drüben ein. Die müßten doch auch allmählich aufwachen.»

Zehn Minuten später blickten sie einander erstaunt und zweifelnd über den Raum hinweg an. Der örtliche Nachrichtendienst hatte das Ereignis wie einen Werbegag behandelt und nur berichtet, mit welch freudigem Interesse die Öffentlichkeit den neuen Blick von der alten Seepromenade genieße. Immerhin war erwähnt worden, daß das ungewöhnliche Niedrigwasser nördlich bis Fort Lauderdale beobachtet werde, wo es sich zu verlaufen scheine. Es gab Dutzende von Erklärungen, aber keine zwei davon deckten sich.

«Irgend etwas Amtliches?» fragte Vincent.

Bill schüttelte den Kopf. «Fehlanzeige. Eine

Menge Militärflugzeuge funken durcheinander, aber nur Beobachtungsergebnisse. Nur etwas ist auffällig.»

«Und zwar?»

«Eine unheimliche Menge Verschlüsseltes schwirrt in der Luft herum. Ich kann kein Wort davon verstehen. Was ist mit Larry?»

«Keine Antwort. Ich hab' noch ein paar andere probiert, aber niemand antwortet.»

«Aber es *muß* doch Funkverkehr auf den Frequenzen geben, Vincent!»

«Sicher, aber alle quatschen gleichzeitig durcheinander. Es gibt so viele Überlagerungen, daß man kein Wort versteht.»

Aus Vincents besorgter Miene las Bill seine Gedanken. «Können Sie nicht irgendwie zurückfliegen?» fragte er mitfühlend.

Vincents Stimme klang nüchtern. «Nur mit einem Wasserflugzeug, und ob sich jemand findet, der unter diesen Umständen das Risiko auf sich nimmt, scheint mit sehr zweifelhaft. Und alle verfügbaren Hubschrauber sind garantiert längst von Pressefotografen gechartert.»

«Bleibt nur der Seeweg.»

«Alle Boote, die es hier gibt, liegen auf dem Trockenen.» Vincent ballte hilflos die Fäuste. «Ich sitze fest, Bill.»

«Nun hören Sie mal zu», sagte Bill. «Larry ist ja ein kluger Junge. Und er ist nicht allein da unten. Wenn was passiert ist, gibt es doch einen Haufen Nachbarn, die ihm helfen können.»

«Genau das», erwiderte Vincent, «macht mir ja Sorgen.» Einen Augenblick lang war ihm das Bild der Menge in Miami durch den Sinn gegangen, und dabei war ihm klar geworden, daß die Leute auf den Inseln völlig anders reagieren würden als die Städter hier auf dem Festland. Die Welt der Inselbewohner war das Wasser, und wenn damit etwas Ungewöhnliches geschah, würden sie auch ungewöhnlich reagieren.

Bill sah ihn einen Augenblick an, dann sagte er: «Versuchen Sie doch die Seefunk-Frequenzen, bis Sie was hereinkriegen. Wenn Ihre Gegend betroffen ist, macht der Warndienst ja sicher noch und noch Überstunden.»

«Vielleicht auch nicht, Bill. Kaum ein Hochseeschiff kommt je in die Nähe unserer Gewässer. Und die kleinen Boote, die sich da herumtreiben, kennen das Gebiet so gut, daß ihnen der Bordfunk genügt.»

«Probieren kann ja nichts schaden. Zumindest bringt es Sie auf andere Gedanken.»

Vincent nickte zustimmend und hockte sich vor den Empfänger. Er setzte die Kopfhörer auf, schaltete das Gerät ein und begann die Skala abzusuchen.

Rund achthundert Kilometer südöstlich rollte der Frachter *Emory Welsh* in der leisen atlantischen Dünung. Die Überfahrt von der afrikanischen Küste war ruhig verlaufen und der Wetterbericht auch für die nächsten zwei Tage vielversprechend. Kapitän Stephen Morelli stand lässig auf der Brücke und dachte schon an das Einlaufen in Jacksonville, Florida, und die drei Wochen Landurlaub zu Hause, fern von der Öde des weiten Ozeans. Er hatte sicher nichts gegen problemlose Reisen. Aber sie langweilten ihn. Er hatte eine Schwäche für stürmisches Wetter und selbst kleine Maschinenschäden – für alles, was die Eintönigkeit der Routine unterbrach. Im Gegensatz zu den anderen Offizieren und der Mannschaft hatte er keine Hobbys, die ihm die Zeit vertrieben und die gleichförmig stillen Tage weniger schleppend erscheinen ließen.

Zwei Stunden lang hatte er nun von der Brücke auf die stille See geblickt, aber seine Gedanken waren ganz woanders gewesen. Doch dann kam es ihm plötzlich vor, als suche etwas seine Aufmerksamkeit zu erregen, und mit leichtem Stirnrunzeln kehrte er in die Wirklichkeit zurück.

Als er auf das Meer hinaussah, zuckte er unwillkürlich zusammen und schaute dann auf die Uhr. Zur Sicherheit prüfte er noch den Sonnenstand, und das Stirnrunzeln vertiefte sich. Er blickte über die Instrumententafel zum Ersten Offizier hinüber, der sich über die Seekarte beugte. «Doug!»

«Käpt'n?»

«Kommen Sie mal her und schauen Sie sich die See an.»

Der Offizier legte Lineal und Zirkel auf die Karte und kam zum Kapitän ans Fenster. Seinem

Gesichtsausdruck nach schien, was er da sah, auch für ihn etwas völlig Neues zu sein. Wie der Kapitän schaute er prüfend nach der Sonne, dann auf den Horizont. «Komische Farbe, Sir.»

«An was erinnert Sie die?»

«An Sonnenuntergang. Aber der ist noch lange nicht fällig.»

«Schon mal was Ähnliches gesehen?»

«Nur unter Land bei Sandsturm. Wissen Sie, damals vor Aden –»

Der Kapitän unterbrach ihn. «Aber hier ist weit und breit kein Sand. Und sehen Sie mal das Wasser an. Ohne Sandstaub und bei klarem Himmel kann das ja keine atmosphärische Spiegelung sein, oder?»

Nach einer Minute bedächtigen Hinsehens schüttelte Doug den Kopf. «Wenn ich es nicht besser wüßte, Sir», sagte er, «würde ich denken, wir können auf den Grund sehen. Ziemlich tief noch, aber heller, sandiger Grund.» Er warf einen raschen Blick auf Kapitän Morelli, wandte sich um und ging zur Karte zurück. Er suchte mit dem Finger darauf, nickte und trat wieder zum Kapitän. «Nach der Karte haben wir zweiundzwanzig Faden Wasser unterm Kiel.»

«Überprüfen wir das», sagte der Kapitän nüchtern. Er trat ans Echolot, schaltete es ein und schaute auf den Schirm. Die Falten auf seiner Stirn vertieften sich noch.

Sechs Faden Wasser waren irgendwie abhanden gekommen! Wenn die Seekarte stimmte und ihre

Position korrekt bestimmt war, hatte irgend etwas den Meeresspiegel um fast zwölf Meter fallen lassen!

«Herr Andrews!»

Doug fuhr herum. Diese plötzliche Formalität erschreckte ihn.

«Ja, Käpt'n?»

«Ich wünsche eine Bestätigung von allen Schiffen in diesem Gebiet. Nehmen Sie Kontakt mit der Küstenwache auf und stellen Sie fest, ob dort etwas über diese Veränderung bekannt ist oder ob es sich um einen Fehler an unserem Echolot handelt.»

«Jawohl, Käpt'n.»

«Und bringen Sie jemanden mit, der ständig am Echolot bleibt. Jede Veränderung ist mir sofort zu melden.» Als Doug sich auf den Weg zum Funkraum machte, wandte der Kapitän sich an den Rudergänger: «Lassen Sie auf halbe Fahrt gehen und halten Sie genau Kurs.»

«Aye, Käpt'n.» Der Rudergänger schob den Maschinentelegraphen zurück, und fast augenblicklich ließ das vibrierende Geräusch der Schraube merklich nach, als die Umdrehungszahl sich verringerte.

Kapitän Stephen Morelli atmete tief durch. Endlich war doch etwas los auf dieser langweiligen Reise, und seine Lebensgeister erwachten. Vielleicht war alles nur ein falscher Alarm, ein dummer Druckfehler in der Seekarte, aber man fühlte sich doch wenigstens gefordert.

Zehn Minuten später kehrte Doug Andrews mit einem Matrosen zurück, den er ans Echolot beorderte, ehe er zu Kapitän Morelli trat. Mit ernster Miene überreichte er ihm ein maschinengeschriebenes Blatt. «Von der Küstenwache, Käpt'n. Sie ersuchen um halbstündliche Meldungen über Position und Wassertiefe.»

«Sie empfehlen eine Kursänderung», stellte der Kapitän fest.

«Offensichtlich aufgrund der Meldungen anderer Schiffe, die weiter landein stehen. Alle Fahrzeuge westlich von uns haben Anweisung erhalten, Kurs auf See zu nehmen. Soweit ich erfahren habe, hat es die ganze Küste entlang ungewöhnliches Niedrigwasser gegeben.»

Kapitän Morelli schob die Mütze zurück und warf erneut einen Blick auf das Meer, als sehe er es zum erstenmal. «Unmöglich!»

«Tut mir leid, Käpt'n. Ich habe sogar Funksprüche von der mexikanischen Küste aufgefangen. Noch nichts Besonderes los da, aber sie haben vorsorglich Erkundigungen eingezogen. Sogar ein paar Stationen auf dem Festland spielen verrückt und wollen wissen, was eigentlich los ist.»

«Hat die Küstenwache eine Wetterwarnung ausgegeben?»

«Bisher nicht, Käpt'n. Wir haben aber auf Anfrage mitgeteilt, wie es hier bei uns aussieht, und sie sind vorgewarnt.»

«Irgendwelche Notrufe?»

«Nichts. In Seenot scheint niemand zu sein. Der

Hafen Jacksonville ist noch offen, aber Miami dirigiert alle Schiffe um.»

«Also gut. Dann ändern wir den Kurs und laufen Jacksonville an. Wir können immer noch draußen ankern, wenn es nötig wird.»

»Jawohl, Käpt'n.»

«Und Doug, bleiben Sie bitte persönlich in der Funkkabine. Jede neue Information sofort an mich.»

In Miami streifte Vincent Damar die Kopfhörer ab und lehnte sich erschöpft zurück. Seit seiner Ankunft hatte sich das Hinterzimmer von Bill Andras Laden in eine Art Durchgangsbahnhof verwandelt. Kreti und Plethi hofften auf Informationen, die auf der Straße und über die normalen Rundfunknachrichten nicht zu bekommen waren, und es kostete eine volle Stunde, bis die Leute wieder hinauskomplimentiert und die Türen verschlossen waren.

Bill warf mit einer verächtlichen Geste die Hände hoch. «Wo soviel Klugscheißer in den Behörden rumsitzen, sollte man wirklich erwarten, daß wenigstens *einer* eine Erklärung hat!»

«Sowas ist eben noch nie passiert.»

«Hoffen wir, daß es nicht nochmals passiert. Haben Sie was erreicht?»

Vincent schüttelte den Kopf. «Ich habe mit einem Offizier der *Emory Welsh* gesprochen. Sie haben weniger Wasser unterm Kiel, als sie sollten.

Das Ganze erstreckt sich also weit in die hohe See hinaus.»

«Sonst noch jemand?»

«Noch zwei andere. Dasselbe.»

«Wo stehen sie?»

«Alle südlich der Küste von Florida. Was immer es sein mag – nördlich von hier scheint es keine große Wirkung zu haben.» Er hielt inne. Sein Gesicht erschien hager vor gespannter Sorge. «Ich muß irgendwie nach Hause kommen, Bill.»

«Ich wollte, ich wüßte wie», sagte sein Freund. «Ich habe gerade mit allen Bootshäfen weit und breit gesprochen. Alles sitzt auf dem Trockenen, und Boote, die draußen sind, können nicht rein. Die Küstenwache plant sogar einen Betankungs-Notdienst für alle, die noch draußen sind.» Einen Augenblick studierte er schweigend Vincents Miene, dann fügte er hinzu: «Sie haben ausnahmslos alle Inseln angefunkt?»

Vincent nickte stumm.

«Sie würden doch die Funkstellen nicht unbesetzt lassen?»

Vincent gab ein säuerliches Grunzen von sich. «Sie kennen die Bagage nicht, Bill. Für die ist das alles andere als eine Katastrophe. Für die ist es die einzigartige, wunderbare Gelegenheit, sich alles untern Nagel zu reißen, das je auf Grund gegangen ist. Und sie würden jeden in Stücke hacken, der ihnen dabei in die Quere kommt.»

«Aber Ihr Junge ist doch nicht so, oder?»

Vincent hob langsam den Blick und sah seinem

Freund in die Augen. «Bill, vergessen Sie nicht, wie neugierig Jungens sind. Meinen Sie wirklich, Larry könnte der Verlockung widerstehen, den ausgetrockneten Meeresgrund zu erforschen?»

«Dann lassen Sie ihn doch, Vincent. Er kommt ja niemandem in die Quere dabei.»

«Außer sie kommen darauf, daß er über gewisse Dinge mehr weiß als sie selbst.»

Es dauerte Minuten, bis Bill verstand. Dann dämmerte ihm, was Vincent meinte. «Weiß er wirklich mehr?» fragte Bill ernst.

«Ich fürchte, ja», sagte Vincent.

6

Jake Skiddo und Petey Betts bekamen ein flaues Gefühl im Magen, als sie von der alten Frau Betts erfuhren, daß die Brüder Jimson als einzige vermißt wurden. Alle anderen Boote lagen vor der Mole auf Grund, und von den Eignern war bekannt, daß sie sich zu Fuß auf Beutesuche gemacht hatten.

Aber die anderen kümmerten sie nicht. Die Brüder Jimson waren es, die Jake und Petey das meiste Geld schuldeten, und wenn ihnen etwas zustieß, konnten Jake und Petey zumachen. Es war nicht ungewöhnlich, daß die Jimsons über Nacht auf See blieben, aber dann pflegten sie vorher im Laden Bescheid zu sagen. Und was die Sache noch schlimmer machte: es hatte keinerlei Funkkontakt mit ihnen gegeben.

Entweder hatten die Inselbewohner zuwenig Phantasie oder zuviel, aber als sie abends schlafen gingen, war das Meer noch da gewesen, wo es hingehörte, und als sie am Morgen aufwachten, war es so gut wie verschwunden; und wie so etwas passieren konnte, verdutzte sie. Jake und Petey konnten sich da nur eine ungeheure Sogwelle vorstellen, die alle Boote mit hinausriß und jeden an Bord den Fischen zum Fraß vorwarf.

Weder Jake noch Petey waren waghalsig genug, um sich weit in den nassen Sandgrund hinauszuwagen. Sie hatten ihr ganzes Leben an der See verbracht und wußten, wozu sie imstande war; und sie gedachten ihr nicht im Wege zu stehen, falls und wenn sie zurückkehrte.

Sie wußten nicht mehr, was sie tun sollten, als die alte Frau Betts ihr Gejammer satt bekam und ihnen vorschlug, sich die Eigenkonstruktion des jungen Oliver Creighton auszuleihen. Sie hatte ihn damit durch Schlick und Watt fahren sehen, und da er immer knapp bei Kasse war, würde er das Ding sicher für ein paar Dollar auf eine Weile hergeben. Jake und Petey ließen sich nicht lange nötigen. Sie liefen zu ihrem Kleinlaster, sprangen hinein und steuerten Creightons Häuschen an, ehe jemand anders ihnen zuvorkäme.

Was Oliver Creighton besaß, war ein selbstgebastelter Strand-Buggy. Er bestand aus nicht viel mehr als einem VW-Chassis samt Motor und vier übergroßen Reifen, die das Fahrzeug nicht nur Sand und Schlick überwinden ließen, sondern es notfalls auch über Wasser hielten. Das Ding sah scheußlich aus, aber es war strapazierfähig und nützlich – und Olivers ganzer Stolz. Jake und Petey mußten nicht nur eine horrende Miete zahlen, sondern Oliver auch schriftlich versprechen, daß er den Kleinlaster als Entschädigung bekam, falls der Buggy verloren ging.

Als sie dem Strand zurollten, sagte Petey: «Wenn wir die Jimsons finden, kannst du Gift drauf nehmen, daß ich ihnen das alles auf die Rechnung schreibe.»

«Und glaubst du, sie zahlen's auch?» fragte Jake.

Petey nickte grinsend. «Was bleibt ihnen denn anderes übrig?»

Eine knappe Minute lang nährten Larry und Josh die wilde Hoffnung, aus ihrer schlimmen Lage buchstäblich entführt zu werden. Das ferne Dröhnen am Himmel wurde lauter und lauter, und sie hoben die Blicke und suchten nach dem Flugzeug, von dem es ausging.

«Es kommt immer näher», sagte Larry, «hörst du's?»

Josh starrte in den Himmel, der sich dunkler färbte; dann sah er den kleinen Punkt im Nordosten. «Da ist es!» Er deutete aufgeregt hinauf und begann wie rasend die Arme zu schwenken.

Larry folgte mit dem Blick der Richtung, in die Josh deutete. Da war das Flugzeug tatsächlich, aber viel zu weit weg, als daß der Pilot sie sehen konnte. Es drehte ab, und einen Augenblick lang schwanden ihre Hoffnungen, aber als es dann in weitem Bogen wieder auf sie zukam, sagte Larry: «Bud und Joie Jimson möchten gewiß nicht gesehen werden, darauf kannst du Gift nehmen.»

«Und das heißt?»

«Sie können es sich nicht leisten, uns laufen zu lassen.»

«Aber – wo sollen wir denn hin?» fragte Josh. «Wenn wir wieder da hinuntergehen, können wir nicht mehr zurück. Schau, wie naß es schon ist. Es gibt hier kein Versteck für uns.»

«Das macht nichts.»

«Wieso?»

«Weil sich jetzt Bud und Joie verstecken müssen. Ich möchte wetten, sie sind schon fieberhaft dabei, sich einzugraben wie die Krabben, damit sie vom Flugzeug nicht auszumachen sind. Und das ist unsere Chance, ungesehen zu entkommen.»

«Und wenn sie doch nach uns Ausschau halten?»

«Das müssen wir riskieren. Bist du bereit, Josh?»

«Worauf du dich verlassen kannst.» Er blickte zu dem Flugzeug auf, das immer näherkam und rasch größer wurde. «Mensch», sagte er beschwörend, «bleib noch ein bißchen in der Gegend!»

Sie konnten nicht wirklich laufen. Es war mehr ein zähes Waten, wie in einem Alptraum, wenn ein wildes Ungeheuer hinter einem her ist. Ihre

Beine verweigerten den Dienst, sie sanken bei jedem Schritt knöcheltief ein, ehe die Füße mit einem schlürfenden Laut wieder freikamen. Die Beinmuskeln ermüdeten im Nu, aber sie durften sich keine Pause gönnen, und ihre Lungen brannten wie Feuer.

Sie fielen beide zweimal hin, rappelten sich aber gleich wieder auf und strebten der einzigen flachen Erhebung zu, die vor ihnen lag. Das Ungeheuer hinter ihnen war kein Traum – es war harte Wirklichkeit und hatte nur ein einziges Ziel: sie für immer im nassen, salzigen Sand zu begraben, weit von der heimatlichen Insel.

Das Dröhnen des Flugzeuges über ihnen war das einzig Tröstliche. Sein Geräusch kam jede Sekunde näher, aber der Bogen, den es flog, führte zu weit an ihnen vorbei, als daß sie entdeckt werden konnten. Einmal verlangsamte Larry kurz das Tempo und blickte rasch dorthin zurück, wo er die Jimsons vermutete. Zwei kleine schwarze Flecken konnten ihre Gestalten sein, aber die Entfernung war zu groß, um das sicher auszumachen. Wenn es die Jimson-Brüder waren, bewegten sie sich jedenfalls nicht, sondern lagen nur da, die Gesichter in den Sand gepreßt.

Die Jungen blickten einander stumm an; sie hatten gleichzeitig begriffen, welch neue Schwierigkeit vor ihnen lag. Der Sand war jetzt fester, aber um in die Deckung des Hügels zu gelangen, mußten sie ein topfebenes Stück Sand von der Größe eines Fußballplatzes überqueren, und wenn die Jimsons während dieser Zeit nur ein einzigesmal aufblickten, mußten sie die Jungen unweigerlich sehen.

Und das würde das Ende bedeuten. Die Jimsons konnten ihnen den Weg zurück zur Insel dann mühelos abschneiden. Larry und Josh waren jung und flink, aber ihre Gegner waren erwachsene Männer, die mörderischer Haß antrieb – und das war ein zu ungleicher Kampf.

«Also los», sagte Larry.

Die kurze Rast hatte ihnen neue Kräfte verliehen, und sie hasteten vorwärts, so schnell die Beine sie trugen. Ihre Spuren lagen jetzt in trockenerem Sand, aber wo sie aus der Niederung abgebogen waren, begannen sie sich bereits mit wässerigem Schlick zu füllen. Wenn die Jimsons sie immer noch da unten vermuteten und dort weitersuchten, wuchsen die Chancen der beiden Jungen mit jeder Minute. Wenn sie nur die Gegend erreichten, wo das Gelände hügeliger wurde und der Tang sich zwischen Korallenbänken türmte, würde ihre Statur und Beweglichkeit die Statur und Kraft der Männer ausgleichen.

Sie hatten es fast geschafft. Ihr Atem kam in brennenden und erstickenden Stößen, die Füße zogen sie wie Bleigewichte hinter sich her. Nur noch ein kleines bißchen weiter ... Aber droben hatte das Flugzeug abgedreht, sein Dröhnen wurde schwächer und schwächer, und Larry und Josh wußten, daß die Jimsons sich nun erheben würden. So nahe der Sandhügel auch war, für die

Verfolger befanden sie sich noch immer in Sichtweite.

Ihre Finger klammerten sich in den Sand; sie zappelten und rollten in einer letzten Anstrengung vorwärts. Ihre Glieder schmerzten so vor Erschöpfung, daß sie nicht mehr sprechen konnten. Dann waren sie hinter dem schmutzigen Sandhaufen, der so leicht ihr Grab werden konnte.

Hinter ihnen hatten sich die Brüder Jimson erhoben. Bud blickte nach links, und eine böse Falte erschien zwischen seinen Augen.

Jake Skiddo hielt das Steuer des Buggys mit aller Kraft fest, während sich Petey verzweifelt an den Überrollbügel klammerte. Vom Strand aus hatte es wie eine einfache Fahrt über den ebenen Meeresboden ausgesehen, aber das erwies sich nun als Täuschung, und sie wurden schlimmer durchgeschüttelt als in einem offenen Boot bei stürmischer See. Die übergroßen Reifen sanken immer wieder ein und warfen sie auf eine Seite; dann trafen sie jäh auf eine halbverborgene Korallenbank, die sie beinah vom Sitz schleuderte. Unsichtbare Kräfte zerrten an den Rädern und schlugen Jake fast das Steuer aus den Händen, und er begann sich zu fragen, wie lange sie wohl noch durchhalten konnten.

Sie waren keineswegs allein da draußen. Die gesamte Bevölkerung der Insel schien auf den Beinen zu sein und jedes kleinste Hügelchen nach

Brauchbarem zu durchforschen. Sie gruben alte Anker aus, rissen Messingbeschläge von versunkenen Schiffsrümpfen, aber alle strebten weiter hinaus, nur das eine im Sinn, von dem sie wußten, daß es da sein mußte, und das jeder zu finden hoffte: das Schatzschiff.

Und noch etwas beschäftigte sie alle: die Suche nach den Jimson-Brüdern. Die Insel war viel zu klein, als daß irgend etwas unbemerkt bleiben oder ein Gerücht sich verlaufen konnte. Jedermann wußte, daß die Jimsons ein Geheimnis hüteten, seit Joie einmal am Wirtshaustisch den Mund zu weit aufgemacht hatte. Wenn irgend jemand eine Vorstellung von der Lage des gesunkenen Schatzschiffes hatte, dann die Jimsons, das war klar.

Oder Vincent Damar. Die Inselbewohner verstanden nicht warum, aber Damar machte keinerlei Geheimnis aus dem, was er tat. Nicht daß er offen über seine Pläne gesprochen hätte, aber die systematischen Kreuzfahrten mit der *Blue Tuna* sprachen für sich selbst. Vincent Damar war unverkennbar hinter etwas auf dem Meeresboden her, und das einzige, was nach Ansicht der Leute solchen Aufwand wert war, war die *San Simon*.

Seit Joie Jimson hatte durchblicken lassen, daß sie über Vincent Damars Pläne Bescheid wüßten, hielten die Inselbewohner ein wachsames Auge auf alles, was Bud und Joie unternahmen. Das Boot der Jimsons war schnell und sie selbst skrupellos, aber auch die anderen waren nicht von gestern und blieben Damar und den Jimsons auf den Fersen.

Heute nun, wo Damar in Miami war, brauchte man nur die Jimsons im Auge zu behalten – falls man sie finden konnte. Erst als Jake und Petey in Oliver Creightons Eigenbau auftauchten, begannen die anderen sich selbst zu verfluchen, daß sie nicht früher darauf verfallen waren. Die meisten schleppten sich bereits mit einem Haufen Beutegut ab, das verglichen mit den Schätzen der *San Simon* nichts als wertloser Plunder war, aber sie hätten sich ebensowenig bereitgefunden, es wieder herzugeben, wie es zuzulassen, daß ihnen bei der Suche nach der *San Simon* jemand anderes zuvorkäme. Zum erstenmal begann ihnen zu dämmern, welch höllische Leiden die Habgier verursachen konnte.

Nur die Eingeborenen ließen sich von der Sucht nach Beute nicht anstecken. Schatzsuche hatte sie nie interessiert. Für sie gehörte der See, was die sich einmal genommen hatte. Fische, Muscheln, Krabben – all das gab die See willig her, aber versunkene Schätze behielt sie. Also blieben die Ureinwohner behaglich zu Hause und lachten nur über die kindische Jagd nach längst verrottetem Gerümpel auf dem Meeresgrund.

Nichts zu lachen hatten freilich Jake Skiddo und Petey. Ihre Glieder waren zerschlagen und wund von der Höllenfahrt, und es war ihnen so übel wie in einem Auslegerboot auf hoher See. Eine volle Stunde waren sie schon auf der Suche nach den Jimsons herumgekurvt, als Petey schließlich stöhnte: «Halt mal an, Jake, ich kann nicht mehr.»

Jake ging es genauso, also steuerte er den gefährlich schwankenden Buggy auf die Höhe eines tangbedeckten Hügels. «Okay», sagte er. «Wir müssen sowieso Benzin nachfüllen. Nimm mal den Kanister aus der Halterung.»

Erschöpft gossen sie neues Benzin in den Tank – ihr letztes. Es war beiden klar, daß ihr Aktionsradius nun äußerst beschränkt war. Sie konnten nur noch so weit fahren, daß der Treibstoff für die Rückkehr nach Ara reichte. Sie blickten zurück auf ihre Reifenspuren, die sich schon mit Wasser zu füllen begannen. Jeder Versuch, zu Fuß von hier nach Hause zu gelangen, war aussichtslos. Die übergroßen Reifen verhinderten das Einsinken des Buggys, aber ein Fußgänger würde bei jedem Schritt knietief im Schlick waten.

Während ihres Halts warfen sie schiefe Blicke auf die weite Fläche ringsum. Überall bewegten sich menschliche Gestalten wie ferne Punkte; die Stimmen klangen seltsamerweise über die nasse Ebene herüber klar bis zu ihnen.

«Meinst du, daß jemand die *San Simon* findet?» fragte Petey.

«So'ne Gelegenheit kommt nie wieder.»

«Andere Wracks hat man doch auch längst gefunden. Warum bleibt die *San Simon* so ein Geisterschiff?» Und ehe Jake antworten konnte, fügte Petey hinzu: «Vielleicht hat es sie nie gegeben.»

«Es hat sie gegeben», sagte Jake herablassend, «kein Zweifel. Man hat schließlich ihre Papiere in Spanien gefunden. Und was ist mit den Kanonen, die Reggies Vater an Land gebracht hat?»

«Na hör mal, Jake, das ist fünfzig Jahre her. Und er hat sich nicht einmal ungefähr erinnern können, wo das war.»

«Er hat nur die Stelle nicht wiedergefunden, sowas gibt's doch. Aber es waren spanische Kanonen, und genau datierbar. Die in Miami hat sogar den Schiffsnamen eingraviert.»

Petey zuckte, keineswegs überzeugt, die Achseln. «Und all die Leute, die jahrelang danach gesucht haben? Die hätten doch irgendwas finden müssen!»

«Was denn?» widersprach Jake. «Das Holz haben längst die Würmer gefressen, und die Ballaststeine sind tief im Sand vergraben. Selbst wenn noch ein paar Kanonen herumliegen, haben die soviel Korallen angesetzt, daß man sie nicht mehr erkennt.» Er stieg steifbeinig vom Buggy, streckte sich und fuhr fort: «Wie das da zum Beispiel, siehst du?»

Jake deutete auf eine kleine Korallenbank am Fuß des überwachsenen Hügels. Sie sah nicht anders aus als andere: ein längliches, formloses Gebilde, das nun, der Luft ausgesetzt, nach Fisch stank. Er stieg den Hügel hinunter, zog einen Schraubenschlüssel aus der Gesäßtasche und schlug energisch darauf. Ein ganzes Seitenstück löste sich und fiel zu Boden.

Darunter kam tiefschwarz das Rohr einer Kanone zum Vorschein.

Jake verschlug es die Sprache.

Über ihm brach sich Petey beinahe die Beine, so eilig kletterte er aus dem Buggy.

Dann standen sie wortlos beieinander, sahen sich an, und blickten wieder auf die Kanone. Petey riß Jake den Schraubenschlüssel aus der Hand und hämmerte wie wild noch mehr Korallen ab, bis es keinen Zweifel mehr geben konnte, was sie da entdeckt hatten. Dann machten sie sich gemeinsam über die anderen Gebilde her. Binnen fünfzehn Minuten hatten sie genug losgeschlagen, um klar zu erkennen, daß allein auf ihrer Hügelseite neun einzelne Kanonenrohre lagen.

Da erst dämmerte ihnen, daß der Sandhügel, auf dem der Buggy stand, keine natürliche Erhebung war. Bei genauerem Hinsehen erwies er sich von unverkennbarer Form und Größe. Wortlos krabbelten sie wieder hinauf, sahen sich noch einmal um und begannen den Sand aufzugraben.

Sie mußten nicht lange arbeiten. Schon in dreißig Zentimeter Tiefe stießen sie auf eine erste Schicht glatter, runder Steine, deren Bedeutung eindeutig war. Es waren die Ballaststeine eines spanischen Schiffes.

Leise, wie in ungläubigem Staunen, sagte Jake: «Wir haben sie gefunden. Wir haben die *San Simon* gefunden.»

Aber Petey lag das Leise nicht. Es war ihm unmöglich, etwas Wichtiges nur zu flüstern. Er warf zwei Hände Sand in die Luft, stellte sich mit ausgestreckten Armen hin und rief begeistert zum Himmel: «Die *San Simon*! Wir haben die *San Simon*!»

Seine Stimme trug so weit wie alle anderen. Jeder konnte es hören. Und da stand er, eine deutliche Silhouette, die jeder sehen konnte. Als sie alles liegen und stehen ließen und auf den tangüberzogenen Sandhügel zuströmten, holte Jake aus und schlug Petey über den Mund, der die Lage ihres Schatzschiffes so leichtfertig verraten hatte.

Hätte Bud Jimson die Bewegung in der Ferne einen Augenblick länger studiert, wäre ihm klargeworden, daß es sich nur um Larry oder Josh handeln konnte. Aber etwas anderes, das sich sehr viel rascher bewegte, lenkte ihn ab. Er wandte sich um und kniff die Augen zusammen, um besser durch die flimmernde Hitze über dem Sand sehen zu können.

«Was ist das?» fragte Joie und versuchte, es auch in den Blick zu bekommen.

«Da fährt jemand mit 'nem Fahrzeug herum.»

«Aber der Sand trägt doch kein Auto, Bud.»

Der Blick, den Bud seinem einfältigen Bruder zuwarf, ließ den zurückzucken. «Was soll es denn sonst sein?»

Immer ein Auge vorsichtig auf den Bruder geheftet, studierte Joie den merkwürdigen Eigenbau ein paar Sekunden lang. «Na ja, es könnte so 'ne Art Auto sein ...»

«Idiot!» sagte Bud. «Es ist der Buggy, den Oliver Creighton zusammengebastelt hat. Was anderes könnte da gar nicht fahren.»

«Meinst du, sie suchen die beiden Jungen, Bud?»

«Ausgeschlossen. Der Buggy kommt von Ara, nicht von Peolle. Wenn da jemand was sucht, dann sucht er die *San Simon.*»

«Da müssen wir aber gleich –» fing Joie an, aber ein weiterer harter Blick von Bud ließ ihn verstummen.

«Wir müssen nur eins: die Bürschchen finden. Ist das klar?»

«Aber ja, Bud, völlig klar. Also los. Wir brauchen ja nur ihren Spuren zu folgen.»

Larry atmete erleichtert auf. Er und Josh sahen, wie die Jimsons die alte Fährte wieder aufnahmen, und zum erstenmal seit Stunden konnten sie sich eine ernsthafte Chance ausrechnen, aus dieser riesigen Falle doch noch herauszukommen. Vorsichtig umrundeten sie den Hügel, und als sie sich in sicherer Deckung wußten, fielen sie in Eilschritt, fast genau der Sonne entgegen, die den Zenit längst überschritten hatte.

Das Licht war noch orangefarbener geworden als zuvor, und die feuchte Brise brachte eine Kühle mit, die ganz und gar nicht in die Jahreszeit paßte.

Aber den Jungen, die so schwitzten, daß ihnen der Schweiß von den Fingerspitzen tropfte, tat sie wohl.

Bei einer kurzen Rast prüfte Larry den Sonnenstand und schätzte die Uhrzeit. Sie hatten, rechnete er, eine Stunde Vorsprung vor den Jimsons – dann nämlich, wenn die Brüder weiter annahmen, sie trieben sich noch immer unten am Steilabfall herum. Solange sie diesen Vorsprung hielten, konnte den Jungen nichts geschehen. Die Jimsons waren nicht mehr die Jüngsten, und die Lage besserte sich von Minute zu Minute. Larry begann sich schon darauf zu freuen, wie er das alles seinem Vater erzählte. Der würde mit den Schuften von Ara schon fertig werden.

Larrys Berechnungen hätten sich auch bestätigt, wenn Petey Betts nicht seinen wilden Freudenschrei losgelassen hätte, als Jake und er die *San Simon* fanden. Der Klang seiner Stimme hallte weithin über den trockenen Meeresgrund, und die besondere Atmosphäre verstärkte ihn und trug ihn dorthin, wo die Brüder Jimson standen.

«Bud, hast du das gehört?»

«Ja, das hab' ich.»

Sie blickten nun in eine andere Richtung, etwa zwanzig Grad rechts der Sonne. «Da hat jemand die *San Simon* gefunden.» Dann erfaßte Joies Blick die wild gestikulierende Gestalt von Petey Betts auf der Hügelkuppe – so weit weg, daß sie nur ein Fleck war. «Da, Bud – siehst du ihn?»

Aber Bud kümmerte die aufgeregte Gestalt wenig. Er blickte auf all die anderen Punkte, die sich plötzlich darauf zubewegten, und ein träges Grinsen begann seine Lippen zu umkräuseln.

«Los, komm Bud, wir können doch nicht hier rumstehen und ...»

Bud wandte sich seinem Bruder zu, und dabei fiel sein Blick zufällig auf zwei dünne Linien, die in etwa zweihundert Meter Entfernung um einen Hügel herumliefen. Er blickte schärfer hin und nickte dann. Wäre die Sonne noch im Zenit gestanden, hätte er die Linien nicht bemerkt, aber jetzt, wo die Schatten länger wurden, waren sie auffällig.

«Hörst du denn nicht, Bud? Ich habe gesagt –»

«Ich habe genau gehört, was du gesagt hast», schnitt ihm Bud das Wort ab.

«Und warum machen wir dann nicht, daß wir hinkommen?»

«Weil es da nichts zu holen gibt, ganz einfach.»

«Aber die *San Simon* –»

«– ist ein Schatzschiff gewesen», beendete Bud Joies Satz. «Gewesen, Joie. Weißt du, was das heißt? Es heißt, daß jemand den Schatz längst gehoben hat. Er liegt jetzt in einem anderen Wrack irgendwo da draußen, und wenn wir das finden, haben wir auch den Schatz. Und jetzt halt die Klappe. Wir haben uns in unserem blinden Eifer beinahe austricksen lassen.»

«Austricksen?»

Bud zeigte auf die Linien, die um den Sandhügel herumführten. «Siehst du das? Das sind Fußspuren. Die Jungen haben einen Haken geschlagen und sind jetzt auf dem Weg nach Peolle. Wir hätten sie nie erwischt, wenn wir den alten Spuren hier gefolgt wären.»

Joie nickte eifrig. «Aber jetzt kriegen wir sie?»

«Ja», sagte Bud. «Jetzt schon. Sie denken vermutlich, sie sind uns los und lassen sich Zeit. Also beeilen wir uns ein bißchen.»

Joie wischte sich den Schweiß vom Gesicht. Es drängte ihn, hier wegzukommen. Er hatte eine bessere Nase als sein Bruder und hätte Bud gern berichtet, wie komisch es zu riechen begann und wie merkwürdig der Himmel aussah, aber er fürchtete einen neuen Wutanfall. Immer wenn Bud sich ärgerte, ließ er es an Joie aus. Wenn nur die Sicht nach Osten besser wäre. Irgendwo da draußen war etwas mit dem Meer passiert, aber zurückkommen würde es todsicher, und dann stand man ihm besser nicht im Wege.

Auch die Jungen hatten Peteys gellenden Ruf gehört. Sie krochen einen Sandhügel hinauf, soweit sie wagten, und sahen den Urheber und all die anderen, die sich auf ihn zubewegten.

«Glaubst du, sie haben sie wirklich gefunden?» fragte Josh neugierig.

«Wahrscheinlich. Alle anderen bekannten Wracks sind ja schon längst geortet. Die *San Simon* war das letzte. Sie muß ganz schön versteckt gelegen haben.»

«Da drüben», lächelte Josh, «werden sie sich jetzt bald gegenseitig an die Kehle gehen. Von jetzt an wird jeder auf Ara und Peolle des anderen Feind sein.» Er verstummte, blickte Larry scharf an und fragte: «Meinst du, die Jimsons haben den Schrei auch gehört?»

«Warum nicht? Wenn wir ihn gehört haben.»

«Dann beschließen sie vielleicht –»

Larry schüttelte den Kopf. «Sie werden damit keine Zeit verplempern. Erstens wissen sie, daß auf dem Wrack nicht viel zu holen ist. Und zweitens kommt es ihnen vor allem darauf an, uns zu erwischen. Wir sind eine Gefahr für sie geworden. Wenn wir Peolle heil erreichen, wandern sie unfehlbar hinter Gitter.»

«Sag nicht *wenn*, Larry.»

«Also gut. *Sobald* wir Peolle erreichen.»

7

Eine Stunde lang hatte Kapitän Stephen Morelli die *Emory Welsh* auf gleichem Kurs gehalten und sich alle fünf Minuten die Werte des Echolots geben lassen. Die wurden vom Ersten Offizier Doug Andrews mit den Angaben der Seekarte verglichen und per Funk an die Küstenwache in Miami übermittelt.

Es war inzwischen über allen Zweifel erhaben, daß die Karte stimmte und die Wassertiefe nicht. Ein beträchtlicher Teil des Meeres schien einfach davongelaufen und abhanden gekommen zu sein. Bis vor einer Stunde hatte das Phänomen ständig zugenommen, und der Meeresgrund war ihnen sozusagen entgegengewachsen; dann blieb die Differenz plötzlich konstant, und die neuesten Zahlen schienen einen Umschlag ins Gegenteil anzudeuten.

Doug Andrews sah von seinen Karten auf. Sein Blick wirkte müde. «Nach den letzten Messungen ist das Wasser um fünf Prozent gestiegen, Käpt'n. In einer weiteren halben Stunde sollten wir Genaueres wissen.»

«Wird das von anderen Schiffen bestätigt?»

Doug blätterte die Funkmeldungen durch, die obenauf lagen. «Wir stehen am weitesten landwärts, Käpt'n. Wenn sich was ändert, dann bei uns zuerst.»

«Das kann Schlimmes bedeuten, Andrews. Wenn das Meer plötzlich zurückkehrt, gibt's eine Flutkatastrophe an der Küste.»

«Aber es bleibt wohl Zeit genug zum Evakuieren, Käpt'n.»

«Auf dem Festland vielleicht, aber auf den Inseln bleibt dann kein Stein auf dem anderen.»

«Wenn es ohne Flutwelle abgeht», wandte Doug ein, «braucht gar nichts Besonderes zu passieren. Das Meer könnte so ruhig zurückkommen, wie es sich verlaufen hat.»

«Halten Sie das für wahrscheinlich, Andrews?»

Der Erste Offizier mußte zugeben, daß dies nicht der Fall war. Er war lange genug zur See gefahren, um zu wissen, wie widersinnig die Natur sich verhalten konnte, wenn es ihr beliebte. Und gerade jetzt machte sie einen äußerst merkwürdigen Eindruck. Es war viel zu still, die Farben wirkten seltsam, und wenn man auf der Brückennock – der Plattform seitlich der Schiffsbrücke – in der Brise stand, roch es auch ungewöhnlich.

Ein Matrose erschien aus der Funkkabine und

reichte dem Ersten Offizier einen Funkspruch. Die Küstenwache hatte Tiefenmessungen auch von anderen Schiffen erhalten und richtete eine dringende Warnung an alle Schiffe im ganzen Gebiet. Die Evakuierung der Küstenbevölkerung hatte bereits begonnen, und Marine und Luftwaffe versuchten, die Menschen abgelegener Orte vor der drohenden Gefahr zu warnen.

Der Rudergänger warf einen ängstlichen Blick auf den Kapitän. Morelli nahm seine Besorgnis aus dem Augenwinkel wahr und sagte leise: «Nur immer Kurs halten.»

«Aye, Sir.»

Der Kapitän sah den Matrosen am Echolot an. «Veränderungen?»

«Unverändert, Käpt'n.»

«Andrews!»

«Käpt'n?»

«Schicken Sie zwei Mann zum Handloten backbords und steuerbords an den Bug.»

Der Erste Offizier sah ihn fragend an.

«Elektronik ist leicht anfällig für atmosphärische Störungen», erläuterte der Kapitän. «Das Handlot kann die Meßwerte bestätigen.» Doug Andrews nickte, gab den Befehl an zwei Matrosen weiter und wartete auf das Ergebnis. Nach fünfzehn Minuten war klar, daß die Meßwerte von Handlot und Echolot übereinstimmten. Das einzige Instrument, das bemerkenswerte Änderungen zeigte, war das Thermometer. Die Temperatur fiel unter den üblichen Wert.

Eine große Stille schien sich über das Schiff zu legen. Weder Rufen noch Singen war zu hören, die Freiwache starrte nur den so seltsam gefärbten Himmel an und wartete besorgt auf Nachrichten von der Brücke. Die Leute am Bug warfen immer wieder das Lotblei nach vorne, ließen die Leinen auslaufen, holten sie ein und lasen die Tiefe ab; es gab reichlich freiwillige Läufer, die dem Kapitän die Ergebnisse brachten, weil jedermann froh war, etwas zu tun zu haben.

Obgleich sich keine Veränderung feststellen ließ, weil es an Vergleichsmöglichkeiten fehlte, war doch jedem klar, daß sich in der Weite des Atlantik ein Wandel vorbereitete – ob zum Besseren oder zum Schlimmeren, wußten sie nicht. Sie konnten nur hoffen.

Unnatürliche Stille herrschte nicht nur auf der *Emory Welsh*. Sie hing über den Tausenden von Menschen, die die Küste Floridas und der dichtbesiedelten Inseln im Süden säumten. Es war die Stille der Angst, der Ungewißheit angesichts des Unbekannten, wo weder Schreien noch Weinen Erleichterung brachte.

Zuerst ging nur das Gerücht um, die See komme zurück! Ein Beben ging durch die Menge; sie wartete gespannt auf weitere Nachrichten. Auf allen Rundfunkgeräten war der Nachrichtendienst eingestellt, und die erste Ankündigung der neuen Situation ließ die Menge schaudern. Einige in den hinteren Reihen begannen zurückzuweichen, als erwarteten sie eine ungeheure Springflut, die die ganze Küste verschlingen würde, und hier und da kamen Menschen mitten in der Menge auf denselben Gedanken.

Sergeant Arthur Lander von der Stadtpolizei in Miami war Diensthabender in dem Abschnitt, wo die Menschentraube am dicksten war. Der Umschlag in der Stimmung der Menge am Strand fiel ihm als erstem auf. Er griff zum Mikrophon des Streifenwagens und drückte den Rufknopf.

«Hier Lander, Wagen zehn.»

«Ja, Lander, sprechen Sie.»

«Gibt's was Neues in Sachen Flut?»

«Ja. Die Küstenwache hat einen Umschlag in der Strömung gemeldet. Es sieht so aus, als ob das Meer zurückkommt.»

«Schon öffentlich bekannt gegeben?»

Die Antwort ließ einen Moment auf sich warten. Dann: «Vor ein paar Minuten.»

Sergeant Lander gab ein verärgertes Grunzen von sich. «Das hab' ich mir gedacht. Statt erst mal uns zu unterrichten. Sie sollten soviel Streifenwagen wie möglich alarmieren. Der ganze Haufen hier kann jeden Augenblick in Panik ausbrechen und flüchten.»

«Jetzt schon was los?»

Lander schüttelte den Kopf. «Nein, aber wenn ein paar Leute hysterisch werden und verrückt spielen, gibt's eine Panik wie noch nie. Feuer in einem vollgestopften Kino ist dann nichts dagegen.»

Wieder herrschte Schweigen auf der anderen Seite; dann sagte die Zentrale: «Wir schicken noch ein paar Wagen, Sergeant. Wir leiten alle Panik- und Kontroll-Maßnahmen ein, so gut wir können. Aber jede Streife muß selbst zusehen, wie sie zurechtkommt. Wir haben sowas noch nie gehabt. Also Hals- und Beinbruch.»

«Ist ja prächtig», sagte Sergeant Lander, ehe er das Mikrophon hinwarf. Aber er war ein alter Hase und verlor keine Zeit. Er ließ sich alles, was passieren konnte, durch den Kopf gehen, und rief seine Leute zusammen. Binnen fünf Minuten hatte jeder seine Anweisungen und seine Ausrüstung, waren die Positionen bezogen. Wenn sie Glück hatten, konnten sie mit einer wildgewordenen Menge fertig werden.

Aber es war ein gewaltiges «Wenn».

Wie die meisten Radiogeschäfte hatte auch Bill Andra einen Empfänger ständig auf Polizeifunk eingestellt. Und als Lander abschaltete, blickte Bill mit bleichem Gesicht Vincent Damar an. «Wenn es eine Panik gibt –», begann er.

Vincent hob die Hand auf. «Berufen Sie's nicht!»

«Aber es ist doch möglich, Vincent.»

«Ja, ich weiß. Wenn nur *einer* aus den Pantinen kippt und losbrüllt oder abhaut, zieht er den ganzen Haufen mit. Dann ist die Panik da, und wer weiß wie viele werden zu Tode getrampelt.

Ich hoffe nur, die Polizei hat genug Leute, damit fertig zu werden.»

«Und was geschieht da, wo es keine Polizei gibt?»

Jetzt wich Vincent alle Farbe aus dem Gesicht. Er dachte an die Insel, wo sein Sohn allein war, und stellte sich das Schlimmste vor. Hier konnten die Menschen doch wenigstens landeinwärts Sicherheit suchen, aber auf den kleinen Inseln gab es kein «landeinwärts».

«Vincent», sagte Bill, «regen Sie sich nicht vorzeitig auf. Vorläufig gibt's ja keine Gefahr, zumindest nicht vom Wasser. Larry ist dort vielleicht sicherer, als wenn er hier in eine Panik geriete.»

«Ich weiß, Bill. Aber –»

Ehe er weitersprechen konnte, sprang die Tür auf, und ein großer braungebrannter, kräftiger junger Mann kam herein. Noch ganz außer Atem setzte er einen Karton auf Bills Arbeitstisch. «Not am Mann, Bill», sagte er, «du mußt mir helfen.»

«Klar, Johnny. Wo brennt's denn?»

«Wir wollen gerade mit dem Helikopter starten, da fällt das RB-510 aus. Total im Eimer. Stinkt und raucht. Ich hab's also aus dem Armaturenbrett gerissen, und du bist meine einzige Hoffnung.»

«Aber Johnny, ich kann doch nicht in zehn Minuten das ganze Funkgerät reparieren.»

«Weiß ich. Deshalb will ich deines borgen. Bill, ich brauche das Ding. Ich hab' einen Vertrag mit einem Reporter, ihn nach Süden zu fliegen, und ohne das RB-510 geht nichts. Er kriegt seine Story nicht, und ich verlier' einen Haufen Geld.»

«Wie weit nach Süden?» Bills Stimme klang plötzlich gespannt.

«Der Kerl will bis Triske.»

«Das ist doch noch hinter Peolle?» fragte Bill.

«Ja, warum?»

«Wie viele seid ihr?»

«Nur der Reporter.»

«Deine Mühle ist doch ein Viersitzer?»

«Mhm.»

Bill sah Vincent an und feixte. Zu Johnny sagte er: «Du kannst mein RB-510 haben, wenn du meinen Freund da auf Peolle absetzt.»

Der lange Pilot machte gar nicht erst Einwendungen. Er nickte nur grinsend und sagte: «Gemacht. Gib mir das Gerät.»

Fünf Minuten später saß Vincent in Bills Lieferwagen, das Funkgerät auf dem Schoß. Spätestens in einer halben Stunde würden sie in der Luft und auf dem Weg nach Peolle sein. Jetzt war alles nur noch eine Frage der Zeit, und jede Minute kam ihm wie eine Ewigkeit vor.

«Wieviel Vorsprung haben sie noch, Bud?»

Der ältere Bruder blieb stehen und studierte die Fußabdrücke im Sand. Sie waren schon ausgeprägter in den Konturen und sahen frischer aus. Obwohl die Brüder ziemlich erschöpft waren, begriff Bud, daß sie den Jungen doch langsam näher kamen. Er erhob sich und blickte angestrengt nach vorne, aber es gab da zuviele Sanddünen, und gegen das seltsam orangefarbene Licht konnte er weiter als ein paar hundert Meter nichts genau unterscheiden.

Er überdachte die Entfernung zwischen ihnen und Peolle. Sie mußten die Kinder noch weit genug vor der Insel erreichen, um außer Sicht zu sein. Das bedeutete, sie mußten sie einholen, ehe die Jungen das Tanggestrüpp einige hundert Meter vor der Küste erreichten.

Buds bösartige Augen kniffen sich zusammen, als er sich vorstellte, wie genußvoll seine Hände sich um ihre Hälse legen würden. Wo immer er sie erreichte, würden sie auch bleiben, tief unterm Sand, und das Leben des Meeres würde allmählich jede Spur davon vernichten, daß sie je existiert hatten. Nichts würde übrig bleiben als die Erinnerung an zwei dumme Jungen, die auf Abenteuer ausgegangen waren statt zu Hause zu bleiben. Danach würden er und Joie reichlich Zeit haben, sich mit Vincent Damar und seinem Geheimnis auseinanderzusetzen.

«Na?» fragte Joie.

«Sie können nicht mehr als einen halben Kilometer voraus sein. Sie werden langsamer.»

«Woher weißt du das?»

«Weil ihre Schritte kürzer werden», erklärte Bud. «Und die Spuren laufen nicht mehr so schnell voll.»

«Kriegen wir sie bald, meinst du?»

«Wir kriegen sie jetzt bald», bestätigte sein Bruder und sah ihn angewidert an. Es wäre gar nicht schlecht, den blöden Joie gleich mit den Jungen hier draußen zu lassen, dachte er. Er war ein unablässiger Klotz am Bein. «Los, weiter!» sagte er, und sie nahmen ihre Verfolgungsjagd wieder auf, immer den Spuren von Larry und Josh nach.

Ein frischer Wind strich über den Sand hin, und die beiden schauderten unwillkürlich zusammen. Es war ein merkwürdiger, unheimlicher Wind, viel zu kalt für die Jahreszeit, und er trug den Klang weit entfernter Stimmen mit – so deutlich, daß sie sie wiedererkannten –, Stimmen, die um das Wrack der *San Simon* herum schrien und johlten.

Sie mußten einfach das Risiko eingehen und eine der höchsten Erhebungen im Umkreis ersteigen. Ohne genaue Orientierung konnten sie die Richtung und damit kostbare Zeit verlieren. Aber natürlich liefen sie Gefahr, da oben gesehen zu werden, falls sie in Sichtweite ihrer Verfolger waren.

«Was hältst du davon, Josh?»

«Da hinten», sagte Josh, «haben wir sie glaub' ich abgehängt.»

«Sie sind nicht dumm, wenigstens Bud nicht.»

Josh blickte erneut zum Himmel. Die Sonne schien in einem orangeroten Nebel wie vergraben, und er konnte ihren Stand nicht recht ausmachen.

«Wir müssen uns vergewissern, Larry.»

«Also gut, gehen wir. Wir halten uns vor der Hügelkuppe, damit wir möglichst in Deckung bleiben.» Er fröstelte, als der neue Wind ihn traf, und er zog die Stirn in Falten, weil ihm das gar nicht gefiel. «Irgendwas ist anders, Josh.»

Sein Freund begriff, was er meinte, und nickte. «Ich spüre es auch.»

Sie warfen einander einen raschen Blick zu; beide hatten denselben Gedanken. «Die See kommt zurück», sagte Larry leise.

Und plötzlich war es mehr als nur ein Gedanke. Es war etwas, das sie beide wußten, mit Sicherheit wußten. Sie hörten die Stimmen aus der Ferne, wo Jake Skiddo und Petey Betts erfolglos ihren Fund zu verteidigen versuchten und von den anderen verhöhnt wurden, und Josh sagte: «Ob die es wohl auch wissen?»

Aber das war unwahrscheinlich. Der ganze Haufen war viel zu beschäftigt, nach Gold oder anderen Schätzen zu jagen, die man forttragen konnte, als daß sie die Veränderung in der Natur bemerkt hätten. Und die Jimsons hinter ihnen würden viel zu eifrig hinter ihren Spuren her sein, um irgend etwas anderes wahrzunehmen.

Vielleicht.

Also umrundeten sie den Hügel nach vorne, halfen sich gegenseitig den losen Sandhang hinauf und richteten sich schließlich so ein, daß sie freien Blick fast genau nach Westen hatten. Eine gute

Minute saßen sie so, und es war ihnen klar, daß sie umsichtig und gelassen bleiben mußten, damit nicht lähmende Angst sie überkam und kopflos machte.

Sie hatten erwartet, Peolle sehen zu können. Aber sie sahen nichts als einen goldenen Dunstschleier, der alles einhüllte, was mehr als ein paar hundert Meter entfernt war.

«Wir sind vielleicht ein bißchen zu weit südlich», meinte Larry.

Josh studierte die Landschaft vor ihnen lange Zeit, um sicherzugehen. Dann zeigte er leicht nach rechts und sagte: «Da, Larry. Da sind wir vorhin vorbeigekommen. Wo Pierre Combolts Zweimaster gesunken ist, weißt du? Wir sind nördlich daran vorbeigegangen.»

«Ganz sicher, Josh?»

«Ja, ich erinnere mich genau. Peolle liegt ein bißchen rechts von uns. Wenn wir uns beeilen, können wir es leicht vor Dunkelheit erreichen.»

Larry nickte und begann den Hang wieder hinunterzugleiten. Zum zweitenmal wurde den Jungen bewußt, wie erschöpft sie waren. Hätten sie sich nicht zu solcher Eile gezwungen, wäre das anders gewesen; aber die vergangenen Stunden machten sich nun bemerkbar. Sie hatten Hunger und Durst, und alle Glieder taten ihnen weh. Ihre einzige Hoffnung war, daß ihre Verfolger die Folgen dieser Hetzjagd genauso spürten wie sie selbst.

Und bis zu diesem Augenblick waren die Verfolger wirklich auch am Ende ihrer Kräfte. Bud und Joie Jimson waren zu erschöpft, um noch miteinander zu reden; ihr Atem kam nur noch in harten, heißen Stößen. Ein paar hundert Meter hinter ihnen hatte sich wässerige Nässe ausgebreitet, und die Spuren, denen sie folgten, eine Zeitlang völlig ausgetilgt. Es hatte sie eine halbe Stunde fieberhaften Herumsuchens gekostet, sie wiederzufinden.

Joie war zweimal gestolpert und hingefallen, und sie mußten eine Rast einlegen, um neue Kräfte zu sammeln. Als sie dann die Spur wiederfanden, wollten sie sich gerade eingestehen, daß die Jungen zuviel Vorsprung gewonnen hatten, als daß sie sie noch einholen konnten; aber gerade in diesem Augenblick deutete Joie nach vorn. Bud folgte seinem Blick und fühlte, wie ihm neue Kräfte zuströmten.

Da vorn, auf dem Kamm eines Hügels, gegen die Sonne deutlich abgehoben, bewegte sich etwas – und das einzige, was sich da vorne bewegen konnte, mußte das sein, hinter dem sie her waren.

«Jetzt kriegen wir sie», sagte Bud.

Sein Bruder schöpfte endlich wieder Luft. «Sie müssen ja auch müde sein.»

Bud nickte zustimmend. «Jetzt aber nichts wie ran. Sie wissen nicht, daß wir schon so nah sind, und das gibt uns die Oberhand.»

«Meinst du, wir brauchen noch lange?»

«Ein Stündchen», antwortete Bud. «Dann haben wir sie.»

Weit entfernt, nördlich Peolle, hob in diesem Augenblick ein Hubschrauber von seinem Landeplatz in einem Vorort von Miami ab. Auch er begann einen Wettlauf mit der Zeit. Aus dem Cockpit schilderte der Reporter in einer Rundfunkreportage das Naturereignis und bemühte sich, im schwindenden Licht so gut wie möglich zu beschreiben, was er sah.

Aber für Vincent Damar schien die Zeit zu schleichen. Obgleich er endlich in der Luft und auf dem Wege nach Peolle war, trieb ihn die langsame Reisegeschwindigkeit des Hubschraubers zur Verzweiflung. Auch in ihm hatte sich eine Überzeugung festgesetzt, und er wußte mit Bestimmtheit, ganz gleich was sein Freund Bill Andra gesagt hatte, daß zu Hause auf Peolle etwas nicht stimmte.

Ganz und gar nicht stimmte.

8

Die Stadtpolizei von Miami hatte Glück. Die harte Macht der Polizeisirenen hatte die Panikneigung der Menge in Schach gehalten, sooft bedenkliche Unruhe auszubrechen drohte. Aber in Wahrheit war es das sprachlose Staunen jedes einzelnen, der ehrfürchtige Schauder vor dem Unbekannten, was bewirkte, daß die Menge sich ohne Zwischenfälle zerstreuen ließ. Im Norden Floridas war das Wasser schon zurückgesickert und wieder langsam gestiegen, ohne Schaden anzurichten, doch in diesen Randgebieten war das zu erwarten gewesen.

Erst während der letzten Stunde hatte die amerikanische Flottenbasis von Guantánamo an der Spitze Kubas Nachrichten über das Ausmaß der Ebbeschäden freigegeben. Mehr als zwei Dutzend Boote saßen meilenweit vor der Küste fest, aber von Toten oder Verletzten war nichts bekannt.

Indessen gab es eine alarmierende Tatsache,

die niemand zur Kenntnis zu nehmen schien. Obgleich die Schiffe auf hoher See ein Wiederansteigen der Wassertiefe meldeten, gab es kaum ein sichtbares Anzeichen dafür, daß das Meer in einer großen Flutwelle zurückkehren würde. Was gemeldet und völlig ignoriert wurde, war die zunehmende Nässe des bisher fast trockenen Meeresgrundes. Nur zwei Berichte von Amateurfunkern auf den südlichen Inseln machten darauf aufmerksam, daß der Sand breiig und gefährlich werde, als versuche der Ozean, unterirdisch wieder einzuströmen.

Gleichwohl blieb dieser Umstand nicht jedermann verborgen. Von seinem Sitzplatz hoch über dem öden Ozeanbett beobachtete Vincent Damar die naß-glitzernden Streifen im Sand, wie unsichtbare Flüsse, die sich neue Betten auf die ferne Küste zu gruben. Er hatte durchaus eine wissenschaftliche Erklärung dafür, aber eben das erhöhte seine Besorgnis um Larrys Sicherheit. Die Natur konnte unglaublich rasch arbeiten, wenn es ihr beliebte, ohne alle Rücksicht auf menschliche Wünsche. Tag für Tag gab es irgendwo in der Welt Springfluten, die weit schneller waren als ein Mensch zu Fuß.

Und noch zwei andere stellten plötzlich fest, daß ihre Füße tiefer einsanken als zuvor. Joie Jimson sprach es aus: «Bud, es wird so weich.»

«Das sehe ich, Blödmann.»

«Aber es müßte trockener sein. Warum wird es immer nässer, Bud?»

«Wie soll ich das wissen.» Er hielt mit erhobener Hand an und studierte das Terrain. Die Spuren der Jungen liefen auf einen Hügel zu, wichen aber schon ein bißchen nach rechts aus. «Wir kürzen über den Hügel da ab und –»

«Ist aber ganz schön mühsam, Bud.»

«Durch nassen Sand latschen auch. Wenn die Jungen unten im Schlick bleiben, werden sie noch langsamer. Jetzt halt die Klappe und schon' deine Lungen. Du brauchst sie beim Aufstieg.»

«Aber hör mal, Bud –»

«Willst du eins hinter die Ohren?» drohte Bud ungehalten.

Sein Bruder schüttelte den Kopf.

«Dann beweg dich gefälligst!» fuhr Bud ihn an.

Und sie schleppten sich weiter; jeder Muskel im Körper schmerzte vor Erschöpfung. Sie konnten es nicht wissen, aber wenn sie hätten sehen können, was gar nicht so weit vor ihnen geschah, hätte ihnen die Gewißheit des nahen Sieges Flügel verliehen.

Larry und Josh standen wie festgewurzelt da und blickten auf etwas, das sie sich nie hätten träumen lassen. Als sie von der anderen Seite darauf zugekommen waren, hatten sie es einfach für eine weitere, langgestreckte Bodenerhebung gehalten, eine natürliche Formation voller See-

«Woher weißt du das, Larry?»

Larry trat gegen die Korallen, die den größten Teil des alten Schiffsnamens auf der einstigen Brücke überwucherten. Ein «e» war teilweise sichtbar, und als ein großes Stück Korallenkalk abfiel, wurde das ganze Wort *«Belle»* lesbar. «Unterm Sand ist der Rest des Namens, Josh. Das ist das Wrack der *Nantucket Belle.*»

Josh machte ein ungläubiges Gesicht. «Du meinst das, das dein Vater –?»

Larry nickte. «Das wirkliche Schatzschiff. Das Schiff, welches das Gold und die Juwelen der *San Simon* vor vielen Jahren gehoben hat.»

Eine volle Minute standen sie schweigend da. Dann sagte Josh: «Als die See abgelaufen ist, hat sie den Sand von diesem gekenterten Wrack gespült.»

Larrys Mundwinkel verzogen sich zu einem fröhlichen Grinsen. «Und wenn sie zurückkommt, kann sie es auch wieder zuschütten.»

«Und dann finden wir's vielleicht nie wieder.»

«Genau», stimmte Larry zu. «Deshalb sollten wir es uns von innen ansehen, solange das möglich ist.»

«Aber ist das nicht gefährlich?»

«Wir müssen eben sehr vorsichtig sein.»

Aber je näher sie kamen, desto mehr bedauerten sie ihren Entschluß. Etwas unheimlich Geisterhaftes lag um das Schiff. Irgendwo an Bord mußten die Gebeine der Menschen liegen, die mit ihm untergegangen waren – und jener, die im Kampf um die Reichtümer, die keiner von ihnen je bekommen hatte, ihr Leben ließen. Es gab Seetiere, die sich in den verkrusteten Hohlräumen alter Wracks häuslich einrichteten; und ein paar davon konnten irgendwo in dunklen, nassen Ecken des Rumpfes verborgen sein, vom Wandel ihrer Umgebung gereizt und voller Angriffslust auf alles, was sich bewegte.

Aber sie mußten es einfach tun. Larry und sein Vater hatten lange und mühselig nach gerade diesem Schiff gesucht, und jetzt bot sich Gelegenheit, es unter Bedingungen zu erforschen, die vielleicht nie wiederkehrten. Wenn doch nur mein Vater da wäre, dachte Larry. Einen Augenblick wanderten seine Gedanken zurück zu den Jimson-Brüdern, und er versuchte abzuschätzen, wie weit sie noch hinter ihnen waren. Wenn Josh und er sich beeilten, rechnete er sich aus, könnten sie ein gutes Teil des Schiffsinneren absuchen und sich immer noch rechtzeitig an Land retten. Wenn sie Glück hatten, fanden sie vielleicht sogar den Schatz!

Larry hielt das nicht eine Sekunde lang für einen bloßen Wunschtraum. Es kam ihm nicht in den Sinn, daß der Schatz beim gewaltsamen Untergang der *Nantucket Belle* meilenweit über den Meeresgrund verstreut worden, daß er irgendwo im Wrack unter Tonnen von Sand verschüttet sein konnte. Abenteuerlust und Begeisterungsfähigkeit, wie nur die Jugend sie kennt, ließen ihn jeden Gedanken an einen möglichen Mißerfolg beiseiteschieben und laut auflachen. Er und Josh klommen den Sandhang hinauf, der zu den leeren Fenstern der Kommandobrücke führte und zwängten sich ins spärlich beleuchtete Innere.

Keiner von beiden bemerkte die langen, nassen Streifen im Sand, die sich hinter ihnen gebildet hatten, um die Hügel schlängelten, ausgriffen und wuchsen, als folgten sie dem unterirdischen Lauf neuer Flüsse.

Als ihre Augen sich an das Dämmerlicht gewöhnt hatten, blickten sie sich um. Zuerst fiel ihnen die Orientierung schwer. Ohne jeden äußeren Bezugspunkt hatten sie das Gefühl, als ragten sie seitlich aus der Brückenwand.

Larry wußte, was Schwindelgefühl war, und erklärte es Josh: «Kümmere dich nicht um den Augenschein. Geh immer davon aus, daß wo du stehst unten ist, ganz egal, wie schräg das Schiff liegt.»

«Ich komme mir wie eine Fliege an der Wand vor», erwiderte Josh und schaute hinauf zum kupfernen Kompaßgehäuse und dem verkrusteten Rad, die schräg über ihm hingen. Kleine Wracktrümmer ragten aus dem Sand: Reste eines Hokkers, Teile eines eisernen Fensterkreuzes und ein verbeultes Messing-Sprachrohr. Die Jungen erinnerten sich, daß sie keine Zeit hatten, nach Andenken zu suchen, und sobald sie sich überzeugt hatten, daß es hier nichts weiter zu finden gab, kletterten sie wieder ins Freie und aufs Dach der Brücke, arbeiteten sich nach achtern und sprangen auf eine stählerne Stütze, einen Stieper hinunter, um sich neu zu orientieren.

Es war seltsam, auf einem Schiff herumzuwandern, das auf der Seite lag – mehr als auf der Seite, denn das Deck hing schräg über ihnen, und sie hatten ein Gefühl, als würden sie in die Luft hinausfliegen, sobald sie losließen. Aber das gab sich mit der Zeit, und sie bewegten sich vom einen festen Stand für die Füße zum anderen, bis sie das Vorschiff überquert hatten, mittschiffs auf den erhöhten Aufbauten standen und in die zerbrochenen, gähnenden Luken sehen konnten.

Da drinnen sah es düsterer aus denn je, und sie fröstelten bei der Vorstellung, da hineinzusteigen. Oh, es war nicht schwierig: Gerade neben ihnen war eine aufgesprengte Schott-Tür halboffen festgerostet, eine einladende Öffnung für jedermann, der den Mut zum Eintreten hatte.

Zackige Metallfetzen säumten die Türfassung, zu bösartigen, tödlichen Dolchen erstarrt. «Dieses Schiff», sagte Josh, «sieht aus, als ob es uns fressen wollte.»

«Angst?»

Josh nickte. «Und du?»

«Und ob», sagte Larry. «Aber wenn wir nicht reingehen, werd' ich mich später mehr ärgern als ich jetzt Angst habe.»

«Du bist verrückt. Weißt du das?»

«Sind wir nicht beide verrückt?»

«Sieht so aus. Mensch, mein Vater würde sagen, laß den Blödsinn und hau bloß ab.»

BELLE

Larry zuckte die Achseln, ging hinüber und kauerte sich neben die Öffnung im Schott. «Es ist gerade noch hell genug für eine rasche Durchsuchung.»

«Dann also schnell», sagte Josh.

Larry holte tief Luft und ließ sich dann behutsam in die Öffnung hinunter, immer die Stahlzähne ringsum im Auge. Er sprang unten auf den Sand, trat beiseite und schaute zu, wie Joshs schlanke Gestalt einen Augenblick wie eingerahmt erschien, ehe er neben ihm landete.

Sie waren auf tiefe Stille in diesem unheimlichen Unterwassersarg gefaßt, aber es war ganz anders. Der Wind heulte schrill in den Löchern losgeschlagener Nieten im Rumpf; das seltsame Knacken sich reibender Muschelschalen machte ihnen klar, daß dieser Ort bewohnt war; daß sich im Dunkel und unter dem Sand Dinge verbargen – Dinge mit nadelscharfen Spitzen und harten, zupackenden Klauen.

«Wenn wir nur eine Taschenlampe hätten, Josh.»

«Ich – ich wollte, wir wären zu Hause.» Josh fiel beinahe über etwas halb im Sand Begrabenes, griff danach und zog eine alte, geschwärzte Kupferpfanne mit halbmeterlangem Griff ans Licht. «Ist ja nicht viel wert, aber falls wir eine Waffe brauchen ...»

«Wogegen?»

«Gegen alles, was hier herumkraucht», sagte Josh. «Wo auf diesem Schiff sind wir eigentlich?»

«In einer Art Gesellschaftsraum oder Salon. Die *Nantucket Belle* war zur Mitnahme von Passagieren eingerichtet, und hier irgendwo müssen sie gesessen haben. Ein bißchen weiter achtern müßte sich der Niedergang in die unteren Decks finden. Nur daß wir natürlich nicht ‹hinunter›steigen, sondern uns dabei auf gleicher Ebene bewegen.»

«Du hast doch was ganz Bestimmtes im Sinn?»

Larry nickte. Schließlich sagte er: «Wenn es einen Schatz gegeben hat, hat ihn der Kapitän unter Aufsicht gehalten. Und als die Mannschaft meuterte, mußten sie die Offiziere angreifen. Aber dann ist das Schiff so rasch explodiert, daß es zweifelhaft ist, ob sie je an den Schatz gekommen sind.»

«Dann hätte ihn also der Kapitän in seiner Kajüte gehabt?»

«Oder in irgend einem anderen verschließbaren Raum.»

«Na, das werden wir ja bald sehen. Machen wir schnell!»

Der Niedergang fand sich genau, wo Larry ihn erwartet hatte, und sie waren froh, daß das Schiff auf der Seite lag. Die hölzernen Stufen waren längst den Bohrmuscheln zum Opfer gefallen, und die Jungen wanderten einfach die stählerne Seitenwand entlang ins Unterdeck.

Das Tageslicht drang bis hierher und machte es heller, als sie erwartet hatten, aber erst als sie eine senkrechte Trennwand erreichten – in Wahrheit den Boden des Unterdecks –, erkannten sie die

Ursache. Das stählerne Trennschott zum Kesselraum war bei der Explosion in Stücke gegangen und ließ das Sonnenlicht einsickern, das durch das gewaltige Leck im Rumpf fiel. Unter normalen Bedingungen wäre das Leck unsichtbar geblieben, weil dichte Tangbüschel es verdeckten; aber jetzt hingen die Wasserpflanzen matt und welk wie ein Rahmen um ein ausgezacktes Oberlicht.

«Glück gehabt, Josh. Wir können was sehen.»

«Hoffentlich gefällt uns auch, was wir da sehen», sagte Josh. «Ein schöner Anblick ist das nicht.» Er deutete auf regelmäßige Öffnungen in der «Decke» über ihnen.

«Das sind die Türen zum Gesellschaftsraum», erläuterte Larry. «Vergiß nicht, daß wir auf der Seitenwand stehen.»

Josh sah sich prüfend um. Dann sagte er: «Zum größten Teil ist dies Schiff doch unterm Sand begraben, nicht wahr?»

«Ich glaube ja», sagte Larry mürrisch.

«Wenn also der Sand nicht hereingedrungen ist und wir noch weiter hinunterkommen, sind wir ganz tief unterm Meeresboden. Habe ich recht?»

«Ja, so ist es. Aber mach dir nicht zuviel Hoffnungen. Der alte Stahlrumpf ist vermutlich noch voll Wasser. Und wenn auch kein Sand da ist, ist das Ganze ein riesiger Wassereimer.»

«Und wir ohne Tauchausrüstung», grinste Josh.

«Glück muß man haben», erwiderte Larry. «Komm, mal sehen, was wir finden.»

Sie mußten einander in die ersten beiden Räume hinunter helfen und dann abwarten, bis ihre Augen sich an das Dämmerlicht gewöhnten. In beiden Kabinen fanden sich die unverkennbaren Reste von Messingbetten und Überbleibsel persönlicher Habe. Die stählernen Wände und Decken waren unzerstört, wenn auch verrostet und vielfach von Korallen überzogen.

Um in die dritte Kabine zu gelangen, mußten sich beide auf die Wand setzen und mit den Füßen gegen die Tür treten, bis das Schloß brach und die Metalltür knirschend soweit aufging, daß sie sich in den Raum hinunterlassen konnten.

Sand gab es hier überhaupt nicht. Zerbrochene Möbelteile waren noch als solche kenntlich, und das zerbrochene Bett lag auf einem Haufen in der Ecke. Durch die eingetretene Tür über ihnen schimmerte das Licht in orangefarbenem Schein, und sie glaubten schon, der Raum sei leer.

Sie wandten sich dem Ausstieg zu – und erstarrten in eisigem Schreck. Sie wurden beobachtet! Aus dem düsteren Schatten starrten zwei Totenschädel mit leeren Augenhöhlen auf sie – von einem Haufen menschlicher Gebeine aus, die dort lagen, wie sie hingefallen waren. Um die Skelette hingen noch Reste von Leder und schwerem Stoff, und beide hielten mit den Knochenhänden noch immer ihre Säbel umklammert.

Als er wieder sprechen konnte, sagte Josh: «Einer davon muß ein Meuterer gewesen sein. Sie haben bis zum Tode gekämpft.»

«Aber die zwei Skelette ... so ordentlich erhalten ...»

«Die Tür war verklemmt und weder Seegang noch Meeresgetier konnten ihnen etwas anhaben.»

«Aber wir hätten doch schon mehr solche – Überreste finden müssen.»

«Nichts kann sich lange im Wasser halten. Jedenfalls nichts Organisches.»

Larry nahm Josh die Kupferpfanne ab und stocherte damit im Gerümpel herum, doch es fand sich nichts von Bedeutung, und sie beschlossen, in den Laufgang zurückzukehren.

Josh sprang nach der Türschwelle und zog sich mit einem Klimmzug aus der Kabine, dann legte er sich auf den Bauch, griff nach Larrys ausgestreckter Hand, und bald standen sie beide aufrecht neben dem Durchlaß.

Ihre gehobene Stimmung war betretener Ernüchterung gewichen. Keiner von ihnen hatte bisher Knochen von Toten gesehen, und die sichere Erwartung, noch mehr davon zu finden, verkrampfte ihre Körper in nervöser Spannung. Ganz ähnlich wie bei dem U-Boot, das sie entdeckt hatten, standen sie an einer Leichengruft. Nein, nicht an ihr, sondern in ihr: mitten zwischen den Toten einer längst vergangenen Zeit.

Keiner wollte zugeben, daß er Angst hatte, und Larry schlug vor, noch die übrigen Räume um den Speisesaal zu untersuchen und es aufzugeben, wenn sie da nichts fanden. Josh war einverstanden, und sie verloren keine Zeit. Unter das helle Oberlicht zurückzukehren, war etwas, worauf man sich freuen konnte.

Noch ein weiterer Raum erwies sich als fest verschlossen, aber diesmal bekamen sie die Tür nicht weit genug auf, um sich hineinzuquetschen. Soweit sie sehen konnten, unterschied er sich in nichts von den anderen, und wenn Gerippe darin lagen, dann außer Sicht.

Erst der letzte Raum war anders. Er war doppelt so groß wie die bisherigen, die mittlere Trennwand fehlte, so daß er bis zum jenseitigen Korridor hinüberreichte, auf den wieder eine Tür führte. Nur, versteht sich, reichte der Raum nicht hinüber, sondern hinunter, und im schummrigen Licht da unten konnten die Jungen den Schimmer von Wasser erkennen.

«Das könnte die Kapitänskajüte sein», sagte Larry.

«Pech für uns», meinte Josh.

«Wieso?»

«Die hat die Mannschaft sicher aufgebrochen und geplündert.»

«Meinst du?» fragte Larry. «Schau dir noch mal die Tür an. Siehst du die Schrammen da im Metall?» Er deutete auf ein gutes Dutzend zehn Zentimeter lange Schlagnarben in der Türfüllung, von denen zwei bis tief ins Metall reichten. «Da hat jemand mit einer Axt einzubrechen versucht.»

«Und woher weißt du, daß es ihm nicht gelungen ist?»

«Weil wir erst das rostige Schloß eintreten mußten, um selbst hineinzukommen.»

«Meinst du etwa –?»

Larry zuckte die Achseln. «Das müssen wir eben feststellen.»

Eine Minute lang wußten die beiden sich keinen Rat. Dann schlug Josh vor: «Die alten Bettkojen da hinten, Larry. Die haben Kopf- und Fußteile gehabt wie eine Leiter. Rost war keiner drauf, also müssen sie aus Messing sein.»

«Prima! Wenn wir ein paar davon zusammenhängen, müßte es gehen. Los, wir holen sie!»

Sie waren so begeistert von dem Plan, daß sie alles andere vergaßen. Es dauerte nicht lang, bis sie die Metallteile der Betten geholt und zu einer Behelfsleiter zusammengehängt hatten. Als sie sicher waren, daß sie auch trug, grinsten sie einander vergnügt an, und Josh – als der Leichtere – stieg als erster hinunter.

Keiner von ihnen bemerkte, daß das Sonnenlicht immer schräger einfiel, daß es längst nicht mehr so hell war wie zuvor und daß seit ihrer Entdeckung des Wracks der *Nantucket Belle* mehr Zeit vergangen war, als sie glaubten.

9

Zuerst dachte Bud Jimson, die Jungen hätten die Richtung verloren und seien zu weit nördlich geraten; eine neue Chance für ihn und Joie, ihnen den Weg abzuschneiden. Es gab nicht den geringsten Grund für die Jungen, den hohen Hügel links vom Weg zu überklettern. Er wollte sich schon geradeaus halten, als etwas an dem Hügel ihn noch einmal hinsehen ließ. Einen dritten Blick brauchte er nicht.

«Was ist denn da, Bud?»

Bud deutete hin. «Was siehst du?»

«Nichts als –», begann Joie. Aber dann: «Das ist ja ein Schiff!»

«Beinahe hätten wir's übersehen.»

«Aber –»

«Siehst du, wo die Spuren hinführen, Joie?»

Sein Bruder nickte stirnrunzelnd. Dann blickte er auf und grinste bösartig. «Wir haben sie, Bud. Jetzt haben wir sie sicher. Aus dem Totenschiff kommen sie nicht mehr raus.»

Buds Grinsen war nicht minder teuflisch. «Wenn ihre Leichen erst bei denen der toten Mannschaft liegen, wird kein Mensch je erfahren, was mit ihnen passiert ist.»

Sie waren wie gelähmt vor Entsetzen, alle. Die meisten staken bis zu den Knien im nassen Sand, nahezu unfähig, noch einen Schritt zu tun, und der ganze Meeresboden in östlicher Richtung begann zu glitzern. In der Ferne spiegelten sich die Strahlen der sinkenden Sonne auf etwas, was sie nur allzugut kannten. Niemand brauchte ihnen zu sagen, was da geschah.

Das Meer kam zurück!

Verloren war alles, was sie aus dem Haufen von Ballaststeinen und verrotteten Balken der *San Simon* an Beutegut herausgezerrt hatten. Nichts konnte von Wert sein, was sie noch tiefer in den Sand zog. Alle ohne Ausnahme strebten sie mühselig dem fernen Punkt am Horizont zu, der Ara hieß, nur von der einen Hoffnung beseelt, es noch rechtzeitig zu schaffen. Ein paar hundert Meter vor ihnen schien der Boden noch trocken zu sein, und wenn sie nur so weit kamen, würde es schon besser für sie aussehen.

Neben dem Wrack bemühten sich Jake Skiddo und Petey Betts, den Buggy wieder aufzurichten. Sie schoben und hievten, bekamen ihn schließlich tatsächlich auf die Räder und kletterten hinein. Petey warf Jake einen bösen Blick zu und sagte: «Schau bloß, wo du hinfährst!»

«Ach, halt den Mund und paß auf, daß du nicht runterfällst!»

Jake trat aufs Gas, und mit einem jähen Sprung schoß der Buggy vorwärts den steinigen Hang hinunter, krachte auf den Meeresboden, und die Reifen wühlten sich in den Schlamm. Ein paar Sekunden sah es so aus, als fänden die Räder keinen Halt. Aber dann griffen sie doch, und sie nahmen – erst langsam, dann immer schneller – Fahrt in Richtung Ara auf. Sie überholten ein paar Leute, die sich zu Fuß durch den Sand quälten, blieben aber taub für alle Bitten um Mitnahme. Sie dachten nur an ihre eigene Haut, und es gab nichts, was sie aufhalten konnte.

Nichts, außer einem Schlammloch im weichen Sand. Eben fuhren sie noch – und einen Augenblick später arbeiteten sie sich strampelnd aus dem breiigen Tümpel, in dem der Buggy rasch versank. Verbittert schlossen sie sich den anderen an und wateten wie gehetzt der Küste zu, um nicht von den steigenden Fluten verschlungen zu werden.

Vom Hubschrauber aus konnte Vincent Damar den Atlantik silbern leuchten sehen, im Schein der Abendsonne wie von Diamanten bestückt. Sie flogen in fast zweitausend Meter Höhe, und der Himmel war hier noch heller als unten auf der Erde und weniger orangefarben.

Gelegentlich überflogen sie kleine Boote, die auf dem Trocknen lagen; Kapitän und Mannschaft waren noch an Bord. Es waren meist gecharterte Fischereifahrzeuge, zu weit ab vom Land, als daß die Besatzungen versucht hätten, die Küste zu Fuß zu erreichen. Sie warteten offensichtlich die Rückkehr der Flut ab, um wieder flott zu werden, und solange sie Funkverbindung zum Land hatten, machten sie sich keine übermäßigen Sorgen.

Der Hubschrauberpilot hielt ständig Kontakt mit Schiffen auf See und der Küstenwache, und soweit es sich übersehen ließ, war bisher nichts Ernsthaftes passiert. Schiffe, die weit draußen lagen, meldeten ein Ansteigen des Wassers um einen Meter über den Tiefstpunkt, und in den Küstenorten im Norden atmete man erleichtert auf, weil der Meeresspiegel wieder stieg, ohne ernsthaften Schaden anzurichten.

Aber wie es weiter südlich aussah, blieb ungewiß. Die ozeanographischen Institute wurden mit Anfragen bombardiert, aber sie hielten mit ihrer Meinung zurück. Obgleich das Meer im Norden rasch und harmlos zurückgekehrt war, konnte es weiter südlich noch immer eine Flutwelle geben, die alles mit sich fortriß. Niemand wagte eine Voraussage, weil es ein Ereignis wie dieses in der Geschichte der Vereinigten Staaten noch nie gegeben hatte.

Vincent Damar hielt den Blick prüfend nach unten gerichtet, wo im Osten die See darauf lauerte, mit noch ungewisser Geschwindigkeit zurückzukehren. Zerklüftet wie der Meeresboden war, würden sich die tiefer gelegenen Stellen zuerst ohne viel Strömungsbewegung füllen, aber dann, wenn sich eine ebene Wasserfläche gebildet hatte und die Flut gegen den Kontinentalsockel brandete, konnte ihre Wucht sich verhundertfachen. Es war schlechthin unmöglich vorherzusagen, wie sie sich verhalten würde.

Der Pilot streckte die Hand aus, tippte Vincent auf die Schulter und deutete nach vorn zum Horizont. «Peolle», sagte er. «In fünfundzwanzig Minuten sind wir da.»

«Funkkontakt mit der Insel?»

«Keiner.»

Vincent Damar blickte auf seine Hände. Sie waren zu Fäusten geballt, daß die Knöchel weiß hervortraten. Es gab keinen Zweifel für ihn: sein Sohn war irgendwo da unten auf den weiten, nassen Sandflächen, und das silberglänzende Meer im Hintergrund traf Anstalten, über ihn herzufallen.

Die Jungen atmeten erleichtert auf. Das Wasser zu ihren Füßen war nur etwa zehn Zentimeter tief. Als sie von der selbstgebauten Leiter sprangen, hatten sie die Tiefe nur schätzen können und auf nicht mehr als dreißig Zentimeter getippt. Wäre es mehr gewesen, hätten sie Schwierigkeiten gehabt, die Leiter wieder zu erreichen und herauszukommen.

Was von der Einrichtung der Kajüte noch da war, lag um ihre Füße im Wasser. Verrottetes Holz und rostzerfressene, verbogene Metallteile. Aber nicht alle waren unkenntlich. Josh sah einen Griff aus dem Brackwasser ragen, rüttelte ihn los und erhob sich mit einem triumphierenden Ruf: «Ein Becher, Larry. Schau, aus Silber!»

Larry nahm ihn, drehte ihn in den Händen und rieb ein Stück der Oberfläche blank. «Ja, es ist Silber. Zum Glück hat er ganz allein da gesteckt. Wäre er mit anderem Metall in Berührung gekommen, wäre er oxydiert.»

«Wie der Klumpen aus alten Silbermünzen, den wir am Strand gefunden haben?»

«Genau.» Larry konnte feine Linien auf dem Becher fühlen und rieb energischer. Dann hielt er ihn ins schwindende Licht und betrachtete ihn genauer. «Wir sind in der Kapitänskajüte, das ist mal sicher. Das war der Becher des Kapitäns. Guck dir das an.»

Er fuhr mit dem Finger die freigelegte Gravur entlang: *«Kapitän Henry Logan, Nantucket Belle.»*

Und als wäre das ein heimliches Signal, schauderten beide Jungen zusammen und blickten nach links. Der Totenschädel lag nahe bei etwas, das einst ein schwerer Metalltisch gewesen war. Er schien zu grinsen wie die anderen, obgleich wahrhaftig nichts komisch war. Um die knochige Stirn lag ein Metallband, das einst zu einer Mütze gehört hatte, mit dem Rangabzeichen des Kapitäns noch darauf. Ein kleiner Salzwasserkrebs kam aus einer der leeren Augenhöhlen gekrochen und bewegte tastend die Fühler.

Und der Kapitän selbst war zu ihrem Empfang gegenwärtig, die Knochenhände noch immer um die Reste zweier Pistolen gekrampft.

«Er hat darauf gewartet, daß sie die Tür einbrechen», sagte Larry.

«Aber das Meer hat sie alle gekriegt», fügte Josh hinzu. Er riß den Blick von dem fahl schimmernden Schädel los und starrte in die dunklen Ecken der Kajüte. «Ob hier wohl irgendwas zu finden ist?»

«Wenn, dann liegt's da unter unseren Füßen. Fang du von da drüben an und ich von hier. Vielleicht finden wir was.»

Zwei Minuten danach trafen sie sich wieder. «Nichts», sagte Josh.

«Und du?»

Larry wollte gerade den Kopf schütteln, aber dann unterließ er es. «Schau dir das da an!» Er fuhr mit der Hand über etwas, das wie ein Furnier aussah.

«Was ist das?»

«Eine Tür.» Und auf Joshs erstaunten Blick: «Vergiß nicht, daß wir auf der Wand stehen. Das ist der Fuß einer Tür.»

«Mensch, sowas Verrücktes.»

«Komm, hilf mir. Vielleicht kriegen wir sie auf.»

Es kostete sie wenig Mühe. Der Griff der Kupferpfanne, die Josh mitgebracht hatte, machte kurzen Prozeß mit dem Schloß, und Fußtritte erledigten den Rest. Die Tür sprang aus den Angeln und fiel klappernd nach innen. Dahinter kam ein kleiner Raum zum Vorschein, wo die Reste alter Werkzeugkisten aufgehäuft lagen.

Selbst jetzt, nach so langer Zeit, lag so viel loses Gerümpel unter ihren Füßen, daß die Jungen kaum gehen konnten. «Was ist denn das da, Larry?»

«Keine Ahnung.» Larry bückte sich, hob ein paar golfballgroße Klumpen auf und sagte: «Das ist Kohle, das andere sieht aus wie Stein.»

«Kohle? Hier drin?»

Es fiel gerade noch genug Licht herein, um sie erkennen zu lassen, daß ein Teil dessen, was die Decke des Raums gewesen war, als das Schiff noch auf ebenem Kiel lag, aufgebrochen und verbeult war. «Die Kesselexplosion», erklärte Larry. «Sie hat Kohle aus den Bunkern glatt durch die Schotten gepustet.» Er warf das Kohlestück weg und steckte den Stein in die Tasche. «Den kann ich als Andenken zu den anderen Steinen ins Aquarium legen.»

«Da hast du doch schon jetzt mehr Steine drin, als du brauchst.»

Behutsam arbeiteten sie sich weiter vorwärts. Josh stolperte, fiel beinahe hin und fing sich gerade noch rechtzeitig.

«Wehgetan?»

Josh schüttelte den Kopf und griff unter seine

Füße. Er versuchte zu ertasten, worüber er gestolpert war. Dann fuhr er zurück, als habe er ein glühendes Eisen berührt. «Larry, komm mal her.»

«Was hast du denn da?»

«Fühl mal hier – unter meinen Füßen.»

Larry griff ins Wasser und tastete die länglichen, glatten, kalten Dinger ab; er ruckelte an einem davon, bis er es ankippen, die Finger darunterschieben und es heben konnte. Dann richtete er sich langsam auf. Das kleine Ding wog schwer in seiner Hand.

Niemand brauchte es den Jungen zu sagen, was das war. Selbst nach so vielen Jahren unter Wasser leuchtete es glänzend gelb: in Larrys Händen lag ein Vermögen.

Die Jungen sprachen es im gleichen Atemzug aus. «Gold!»

Sie hatten den Schatz gefunden!

Aber die Aufregung darüber fiel in nichts zusammen, verglichen mit dem jähen Schreck, als hinter ihnen ein Geräusch ertönte: ein metallisches Klirren, dessen Ursache sie augenblicklich begriffen. Larry warf den Goldbarren beiseite als sei er wertloser Abfall, und sie hasteten fieberhaft in die Kajüte zurück. Sie erreichten sie gemeinsam gerade rechtzeitig, um die «Leiter», hochgezogen, ihren Blicken entschwinden zu sehen.

Ja, sie hatten das Gold gefunden – aber die Brüder Jimson hatten *sie* gefunden! Wie zur Bestätigung hörten sie Buds höhnisches Gelächter und das dümmliche Kichern seines Bruders Joie.

Einen Augenblick konnten die Jungen keinen anderen Gedanken fassen, als daß sie in einem toten Schiff gefangen waren, mit einer toten Besatzung, der sie bald Gesellschaft leisten würden. Jetzt erst wurde ihnen klar, wieviel Zeit sie vertan hatten, und sie erkannten am schwindenden Licht, wie tief die Sonne schon stehen mußte.

Sie konnten hören, wie die Schritte der Jimson-Brüder sich über ihnen entfernten. Es gab keine Spuren mehr zu verfolgen. Die hatten an der *Nantucket Belle* geendet, und noch einmal dröhnte Buds bösartiges Gelächter wie ein hohles Echo durch das Schiff.

«Larry ...» Josh blickte auf seine Beine hinunter. Das Wasser war nicht mehr nur zentimetertief, es reichte ihm fast bis an die Knie.

«Die Flut kommt zurück», sagte Larry.

«Wir könnten uns von ihr hochtragen lassen und schwimmen», schlug Josh vor.

«Bis dahin ist es dunkel. Nein, wir müssen sofort hier heraus, oder wir schaffen es nie.»

«Nur daß das nicht geht. Es gibt keinen Weg für uns zur Tür hinauf, nicht einmal, wenn ich auf deine Schultern steige.»

«Doch, es gibt einen Weg.»

Josh blickte ihn hoffnungsfroh an. «Welchen?»

«Durch den Nebenraum», sagte Larry. «Das Loch, das die Explosion gerissen hat; wo die Kohle durchgekommen ist.»

«Das führt in den nächsten Raum, wo wir schon gewesen sind.»

«Du kannst dich durchzwängen, Josh. Du bist kleiner.»

Jetzt dämmerte es Josh, was Larry meinte. «Nein, Larry! Ohne dich –»

«Sei doch nicht so blöd, Josh. Wenn ich da nicht rauskomme, kannst du vielleicht was auftreiben, was mir hier nach oben hilft, kapierst du?»

Das leuchtete Josh ein, und er nickte. Zusammen kehrten sie in den kleinen Raum zurück und schoben sich bis zu dem Riß in der Stahlverkleidung. Larry half Josh hinauf. Er wand sich und zappelte, aber es gelang ihm, sich emporzuhieven. «Probier es auch, Larry», sagte er dann. «Vielleicht kommst du durch.»

«Es ist verdammt eng, Josh.»

«Versuch's trotzdem! Hier, gib mir die Hand.» Er fühlte Larrys Finger sich um sein Handgelenk schließen und zog. Er konnte sehen, mit welcher Anstrengung der Freund sich durch die schmale Öffnung zu zwängen versuchte. Das Metall riß Larry die Haut auf, und eine Zeitlang sah es gar nicht so aus, als könne er es schaffen. Aber mit einer letzten Anstrengung – er machte sich so dünn wie möglich, und Josh zerrte mit Gewalt an seinem Arm – schlüpfte er durch den Spalt und fiel Josh schweratmend zu Füßen.

Es war nicht genug Zeit, neue Kräfte zu sammeln. Sie mußten nutzen, was ihnen blieb. Irgendwo über ihnen waren die Jimsons dabei, die Position des Wracks festzulegen, und sie mußten ihnen ungesehen entkommen. Der Sandboden draußen war noch fest genug, eben und ohne größere Erhebungen, doch würden sie eine leichte Beute für die beiden Männer, wenn sie entdeckt wurden. Nein, jetzt konnten sie sich nur noch heimlich wegstehlen – wenn sie Glück hatten.

Anders als bei ihrer Ankunft bewegten sich die Jungen nun so geräuschlos wie möglich. Sie machten sich behutsam auf den Rückweg, und als sie das Ende des Laufganges erreicht hatten, konnten sie die Stimmen der Jimson-Brüder hören. Lautlos zogen sie sich in den Speisesaal zurück, sahen die Jimsons kommen und verhielten sich still, bis sie vorbei waren.

Als die Luft rein war, quetschten sie sich durch ein Loch in der Wand, blickten in die Tiefe und sprangen dann die zweieinhalb Meter hinunter in den Sand. Außer dem leisen Zischen, das der Aufsprung ihnen aus den Lungen preßte, war nichts zu hören. Larry nickte Josh zu, ihm zu folgen, krabbelte auf allen Vieren zum Heck des Schiffes und warf einen letzten Blick in die Runde.

Gewiß, die Jimsons waren ganz nahe, aber im Augenblick waren sie außer Sichtweite.

«Los!» flüsterte Larry dann, und beide begannen, so schnell die Füße sie trugen, in Richtung Peolle zu laufen. Der Sand war noch fest, und sie kamen gut vorwärts. Vor ihnen lag ein weiterer kleiner Hügel, und wenn sie den erreichten, ragte er vielleicht gerade hoch genug auf, um ihnen noch einmal hundert Meter weit Deckung zu geben. Larry war nur soviel klar, daß sie etwa die doppelte Länge eines Fußballfeldes zwischen sich und die Jimsons bringen mußten, um ihnen entkommen zu können.

Im Augenblick hatten sie etwa die Hälfte davon geschafft. Und mehr sollten sie nicht kriegen. Sie hörten Joie Jimson losbrüllen: «Bud, da laufen sie! Sie rennen weg!»

Und Buds heiseres Wutgekrächz gleich danach: «Hinterher, ihnen nach, du Blödmann! Sie dürfen Peolle nicht erreichen!»

Joie war ihnen näher als sein Bruder und rannte ihnen mit großen Schritten nach. «Ich krieg' sie schon!» rief er zurück.

Larry warf einen hastigen Blick über die Schulter. Sein Herz sank, und so sehr er sich auch anstrengte, er hatte nichts mehr zuzulegen. Joie hatte recht. Er war ausgeruhter und schneller. Nun würden sie es doch nicht mehr schaffen. Larry konnte fast schon Joies Hände um seine Kehle spüren.

Vincent Damar sprang aus dem Hubschrauber und lief, das Gesicht mit den Händen gegen den Sand schützend, den der Rotor aufwirbelte, davon. Der Hubschrauber hob ab und flog weiter. Als die Luft wieder klar war und Vincent sich orientieren konnte, strebte er eilig seinem Haus zu.

Seine schlimmsten Befürchtungen bestätigten

sich. Das Haus war leer. Nirgends fand sich eine Mitteilung, was geschehen war. Nichts – außer einem vermißten Sohn, der, von jungenhafter Neugier überwältigt, ins Unbekannte aufgebrochen war.

Es war der letzte, bitterste Schlag für Vincent – sein Sohn vermißt, das Boot verloren, all seine Ersparnisse beim Teufel. Trüben Blickes schaute er auf den noch immer trockenen Meeresboden hinaus. Nichts bewegte sich dort. In wenigen Minuten würde die Dunkelheit einfallen und dann die Flut.

Bedrückt schaltete er das Funkgerät ein und ging auf die gewohnte Frequenz. Drüben auf Ara war Steve Percy am Mikrophon und sprach hastig und aufgeregt mit jemandem am Strand. Die Hälfte der Leute, die an diesem Tag hinausgegangen waren auf den Meeresgrund, waren heil zurück, die andere Hälfte, schon in Sicht, mühte sich noch durch den nassen Sand. Ein paar von ihnen, die noch fast einen Kilometer weit draußen waren, bekamen Hilfe, weil sie zu erschöpft waren, aus eigener Kraft an Land zu gelangen. Verluste hatte es nicht gegeben, nur viel Bitterkeit und Mißgunst, und ein gewisser Oliver Creighton hatte einen Tobsuchtsanfall erlitten, weil Jake Skiddo und Petey Betts ohne seinen Buggy zurückgekehrt waren.

Wenn schon die Erwachsenen soviel Mühe hatten, dachte Vincent, wie sollte Larry da herauskommen?

«Sir!»

Vincent hörte die Stimme, ohne sie wahrzunehmen. Sie meldete sich wieder. «Sir?»

Er fuhr erschrocken herum. Dann erkannte er Timothy, Joshs Vater. «Kommen Sie rein, Tim.»

«Danke.» Angst lag in seinen Augen. «Haben Sie Larry gesehen?»

Vincent spürte, was nun kommen würde. «Nein.»

«Er und Josh waren zusammen.»

Voll schrecklicher Vorahnungen schauten sie beide hinaus aufs Meer.

«Es hat sie erwischt, Vincent», sagte Tim.

Vincent legte ihm den Arm um die Schulter und führte ihn zu einem Stuhl. Nur um etwas zu tun, füllte er den Kaffeekessel und stellte ihn auf den Herd. Seine Stimme klang wenig zuversichtlich: «Wir können nichts tun als warten, Tim.»

«Josh ist noch so klein.»

«Larry auch. Aber sie sind nicht auf den Kopf gefallen.»

«Die See ist ihnen über.»

«Wir können nur warten.»

Allmählich verließen sie die Kräfte. Der Atem brannte wie Feuer in den Lungen. Die Beine fühlten sich an wie Blei. Hinter ihnen riefen die Jimsons einander zu, die Stimmen kamen näher und näher. Peolle war noch gut anderthalb Kilometer entfernt, ein vager Fleck am Horizont, hinter dem die wilde, orangefarbene Sonne versank. Weder die Kälte in der Luft half ihnen, noch die Flut, die so rasch näherkam, daß man den Salzgeruch spüren konnte.

Noch dreißig Sekunden, und die Jimsons würden Hand an sie legen; es lohnte eigentlich nicht, noch weiter zu laufen. Einen kurzen Augenblick lang waren die Jungen bereit, aufzugeben – dann sahen sie beide gleichzeitig dasselbe.

Gerade vor ihnen lag der lange, schmale Graben, den sie am Morgen überquert hatten, der Kanal, in dem der tödliche Bewohner gefangen war, der auf jedes Geräusch, auf jede Bewegung mit einem wilden Angriff seiner scharfzackigen Zähne reagierte.

Sie hatten die Wahl zwischen den Jimsons und dem Hai. Ihre einzige Chance zu entkommen, lag in dem schmalen Einschnitt im Meeresgrund, der dem Hai mit seiner unglaublichen Schnelligkeit unfehlbar die Bahn zu seiner Beute wies. Aber wenn sie hinüberkamen, ehe er sie erreichte …

Und dieser einzige Gedanke war es, der ihre Beine beflügelte, so daß die Jimsons auf den letzten paar Metern keinen Fußbreit Boden gewannen. Mit einem gewaltigen Sprung tauchten die Jungen kopfüber in den Kanal, und ihre Arme flogen in einer letzten, verzweifelten Anstrengung. Sie konnten den Angriff des heranschießenden Hais beinahe körperlich spüren; dann fanden ihre Füße auf der gegenüberliegenden Böschung Grund, und sie rappelten sich eilig hinauf. Hinter sich hörten sie Buds heisere Stimme Joie etwas zurufen, und als sie zurückblickten, klammerte Bud sich auf dem anderen Ufer in panischem Entsetzen an seinen Bruder, und beim Anblick des drei Meter langen Hais, der gerade unter ihnen auf sie zu warten schien, quollen den Brüdern buchstäblich die Augen aus dem Kopf.

Jenseits des Kanals trabten Larry und Josh davon. Sie wußten, daß sie die Jimsons nun endgültig abgeschüttelt hatten. Jetzt ging es nur noch darum, der zurückkehrenden Flut zu entkommen. Auch die Jimsons begriffen das. Sie begriffen, daß sie bei einer Rückkehr nach Ara auf Jahre ins Gefängnis wandern würden. Es blieb ihnen keine andere Wahl, als sich dorthin durchzuschlagen, wo ihr Boot im nassen Sand auf der Seite lag. Wenn sie sich beeilten, konnten sie es vielleicht noch erreichen. Und dann irgend ein schmuddeliges Dorf auf einer gottverlassenen Insel ...

Vincent und Timothy hörten die Rufe vom Strand, und mit einem Aufschrei heller Freude liefen sie Seite an Seite hinaus. Vor lauter An-die-Brust-Drücken und Auf-die-Schulter-Klopfen kamen die Jungen überhaupt nicht zu Wort. Also warteten sie mit dem Erzählen, bis alle gegessen und sich in Ruhe niedergelassen hatten.

Draußen war das Meer zurückgekehrt, so ruhig und gelassen, wie es verschwunden war; es sickerte vom Boden her ein und rollte mit leiser Dünung von Westen heran. Bis tief in die Nacht dauerten die Fragen und Antworten. Dann stellte Larry selbst eine Frage: «Aber Pa», sagte er, «gibt es denn gar keine Möglichkeit, das Schatzschiff wiederzufinden?»

«Tut mir leid, mein Junge, aber ihr habt leider die Position nicht feststellen können. Es würde eine Menge Zeit kosten, das Schiff wiederzufinden.»

«Aber mit entsprechender Ausrüstung –»

«Die kostet Geld, Larry, viel Geld. Und wir haben keines mehr. Wir müssen die Insel aufgeben, alles, und bis ich genug für einen neuen Versuch zusammengekratzt habe – wer weiß, was inzwischen mit der *Nantucket Belle* passiert? Glaub mir, wenn ich eine Bergungsexpedition finanzieren könnte, wären wir alle reich, selbst die Leute auf Ara. Mit den historischen Fundstücken der *San Simon*, dem alten U-Boot und der *Belle* selbst würde diese Gegend sehr wohlhabend.»

«Zu dumm», sagte Josh.

«Was ist zu dumm?» fragte Larry.

«Zu dumm, daß wir nicht einen der Goldbarren mitgenommen haben.»

Larry lachte laut auf. «Das wäre wirklich nicht übel. Aber immerhin waren wir nahe dran. Wir haben das Zeugs gefühlt.» Er griff in die Tasche und zog den Stein heraus. «Wenigstens habe ich ein Andenken.»

«Was ist das?» fragte sein Vater.

«Nur ein komischer Steinbrocken aus der

Schatzkajüte.» Er warf ihn seinem Vater zu. Der rollte den golfballgroßen Stein zwischen Daumen und Zeigefinger hin und her und wollte ihn gerade zurückwerfen, als er plötzlich die Augenbrauen hochzog, ihn noch einmal genauer betrachtete, zu seinem Schreibtisch lief und eine Lupe nahm.

Ein merkwürdiges Schweigen breitete sich über den Raum, als erwarte jeder, daß sich etwas Unerhörtes ereigne. Eine Art elektrischer Spannung schoß allen in die Glieder und verstärkte sich noch, als Vincent Damars Augen aufleuchteten.

Dann begann er zu lachen. Er lachte, bis ihm die Tränen über die Wangen liefen. Und alle lachten mit, obgleich sie keine Ahnung hatten warum.

Schließlich fand Larry die Sprache wieder und fragte: «Hör mal, Pa, was ist denn da so komisch?»

Vincent Damar wischte sich die Augen und legte Larrys «Steinbrocken» mitten auf den Tisch. Er blickte die Jungen, einen nach dem anderen, an und bedeutete Timothy mit einem Zwinkern, wie stolz er auf seinen Sohn sein könne.

«Larry», sagte er, «dein komischer Stein da ist einer der größten Rohdiamanten der Welt.»

Und sie alle brachen erneut in Lachen aus, erst behutsam, dann wilder und wilder – und sie lachten, als könnten sie nie wieder aufhören.